선율 위에 눕다

일러두기

— 이 책은 국립국어원의 외래어표기법을 원칙으로 하되, 인명이나 곡명 등
  널리 쓰이는 관용 표현은 예외로 두었다.

— 음악 작품의 경우 작품집은《 》, 단일 작품은〈 〉로 부제는 ' '로 표기했다.

— 음반사명에서 'Records' 혹은 'Recordings'는 통상과 같이 생략했으며,
  '도이치 그라모폰(Deutsche Grammophon)'은 'DG'로 통칭했다.

내 삶에 클래식이 들어오는 순간

송지인 지음

선율   위에   눕다

자음과모음

제가 클래식 음악 기자로 일하면서 깨달은 사실이 하나 있습니다. 아무리 위대하고 아름다운 클래식 음악일지라도, 그 음악을 예찬하는 일이 누군가에게는 거부감을 줄 수 있다는 것입니다. 그것은 보이지 않는 힘이 우리로 하여금 클래식 음악 감상을 사치처럼 여기게끔 만들었기 때문이겠지요. 진실은 결코 그렇지 않은데도요.

하지만 아름다운 클래식 음악을 듣고 감명을 받는 데 물질적 여유가 필요한 시대는 끝났습니다. 유튜브에서는 백 년 전에 녹음된 요제프 호프만의 쇼팽 연주를 감상할 수 있고, 세계적인 수준으로 올라선 우리나라의 국립·시립 오케스트라들이 시민을 위한 무료 연주회를 일 년에도 수십 차례 가집니다. 그러니 우리의 마음만 클래식 음악을 허락해주면 됩니다. 음악은 늘 그 자리에서 우리를 기다리고 있으니까요.

클래식 음악을 들으면 들을수록 더 확실히 알게 되는 것은 누구나 음악 안에서 자유로워질 수 있다는 사실, 그리고 위대한 작품들을 남긴 많은 음악가도 결국 한 명의 인간이었다는 진실입니다. 이것은 클래식 음악이 때로 슬픔에 스러진 인간을 다시 일으켜 세우는 가장 큰 이유일 것입니다.

반면 클래식 음악을 감상하기 위해서 기초라도 알아야 한다는 믿음과 강요는 절대 진실이 아닙니다. 용어가 친숙하지 않다 보니 장벽을 느낄 수는 있습니다. '브람스의 인터메조 Op. 118 No. 2'라니. '임영웅의 두 번째 간주곡'이었다면 얼마나 기억하기 쉬웠을까요? 그런데 사실 이런 용어들도 별것 아닙니다. 뜻 모를 단어들로 길게 늘여 쓴 제목을 비롯한 낯선 용어들은 클래식 음악을 감상하는 데 별로 중요하지 않습니다. 알고 있으면 감상에 도움이 될 수는 있지만 핵심은 아닙니다. 작곡가의 생애나 작품에 얽힌 사연, 탄생 배경을 줄줄이 꿰고 있을 필요도 없습니다. 일단 음악을 들어보고, 나중에 그 음악을 깊이 파고들고 싶어지면 그때 하나하나 차근히 알아가면 됩니다.

클래식 음악뿐만 아니라 이 세상 그 무엇도 처음부터 다 알고 시작할 수는 없습니다. 우리가 어떤 영화를 볼 때 그 영화를 찍은 감독과 출연한 배우의 생애를 다 알고 그들의 전작을 다 보고 영화의 줄거리와 결말을 다 이해하고 있지 않아도, 작품이 좋다면 얼마든 감동할 수 있듯이요. 저도 처음 마르타 아르헤리치의 라흐마니노프 연주를 듣고 그 연주에 빠졌을 때는 아르헤리치나 라흐마니노프에 대해 잘 몰랐습니다. 그냥 들으니까 좋았어요. 진심으로 말하건대 그걸로도 충분합니다. 제가 인터뷰했던 한 첼리스트의 말처럼 말입니다.

"클래식 음악에 가사가 없고, 가사가 있으면 그 가사를 잘 모르기 때문에 어렵다고들 합니다. 하지만 클래식 음악이 아름다운 이유는 클래식 음악에 가사가 없고, 가사가 있으면 그 가사를 잘 모르기 때문입니다."

세상에 '정해진 일'이 얼마나 많은가요?

또 우리 사회는 얼마나 많은 규정을 가지고 있나요. 클래식 음악은 이런 세상에서 우리를 자유롭게 해주는 몇 안 되는 해방입니다. 저는 종교도 없는데, 명동 성당에서 어느 피아니스트의 바흐 〈골드베르크 변주곡〉 연주를 듣고 아, 이것이 천국인가, 생각했거든요. 아직 바흐의 음악 세계를 완벽하게 이해하지 못하는데도요. 음악이라는 언어로 표출된 아름다움의 이미저리imagery를 목격하기 위해서는 이미 존재하는 바흐의 음악과, 그 음악을 향한 피아니스트의 헌신으로 충분했습니다.

　　　　이 책은 제가 음악을 들으며 체험했던 경이를 많은 사람과 나누고 싶어서 썼습니다. 그래서 무엇보다 클래식에 거부감이 들지 않게끔 쓰고자 했습니다. 누구나 겪었을 법한 일상과 그 일상에서 빛났던 음악, 누구나 그 아름다움에 공감할 수 있을 만한 음악을 엮었습니다.
　　　　물론 꼭 저와 같은 감상을 해야 하는 것

은 아닙니다. 어떤 음악을 들었을 때 그 음악과 관련된 사연이 있으면 연관된 감정을 느끼기 수월하지만, 꼭 그래야 할 필요는 없으니까요. 다르게 느껴도 상관없습니다. 감상이 서로 다를 수 있다는 게 클래식 음악의 매력이지요. 제가 '세상에서 가장 슬픈 곡'이라고 불리는 비탈리의 〈샤콘느〉를 처음 들었을 때는 아무 슬픔을 느끼지 못했는데, 언젠가 마음이 아픈 일이 있었을 때는 그 곡에서 처절한 슬픔을 느꼈듯이요.

　　책을 읽으며 음악을 감상할 수 있도록 '추천연주'와 '함께 듣기 좋은 음악'을 담았습니다. 추천연주는 제가 당시 실제로 들었던 연주가 대부분이지만, 제 판단에 명연인 연주들도 넣었습니다. 기술적으로 완벽한 음반은 있을지언정 음악의 기적에 있어 실황을 능가하는 음반은 없다고 생각합니다. 그래서 실황 영상 추천도 있습니다. 본문에 간단히 언급했거나, 언급하지는 않았지만 본문 속 상황에서 들으면 좋은 음악들은 함께 듣기 좋은 음악으로 소개했습니다.

저는 음악과 관련된 다큐멘터리 영화를 보는 것을 좋아하는데요. 최근에 본 〈피아니스트 세이모어의 뉴욕 소네트〉(2016)란 다큐멘터리 영화에 재미있는 대화가 나옵니다. 피아니스트 시모어 번스틴과 그의 제자 두 사람이 함께 이야기를 하는 장면에서 한 제자가 이런 말을 해요.

"슈베르트와 베토벤 같은 거인의 작품들에서도 특별한 대작은 모두 'B플랫'의 조성을 가지고 있죠. 그런데 얼마 전에 나사에서 발표하기를, 블랙홀이 공명할 때의 진동음이 바로 B플랫이라는 겁니다!"

다소 들뜬 그 제자의 말을 듣고 곧장 다른 제자가 슈베르트와 베토벤이 살던 시기와 지금의 B플랫은 다른 음이라고 반박하는데, 시모어 번스틴은 누구 편도 들지 않고 그저 진지하게 둘의 이야기를 듣습니다.

그는 알고 있었던 것이지요. 그때와 지금의 B플랫이 다를지언정, 그 음의 변화 과정과 나사 연구의 진위를 따지는 것보다 블랙홀의 공명음이 B플랫이란 것이 우리를 한 번 더 설레게 하고, 그 음악을 들여다보게 만드는 이 현실이 더 중요하다는 것을요.

　　　우리가 각자 살아가면서 흥얼거리는 음악의 장르는 다 다르더라도, 우리 곁에는 언제나 서로 다른 음악이 있습니다. 음악이 없는 인생은 영원히 미완성이니까요. 이 책은 그 장르를 클래식으로 바꿔보십사, 하는 책이 아니라 그 장르에 클래식도 끼워주십사, 하는 책입니다. 그러면 이미 아름다운 우리 인생은 더 반짝이는 완결을 향해 나아갈 수 있을 것입니다. 이 책이 수많은 클래식 명작 가운데 여러분의 'B플랫'을 찾는 데 좋은 동료가 되었으면 좋겠습니다.

차례

1부 위로 · 나를 위로해줘

2부   사랑 · 첫사랑의 아지랑이

1부

위로

나를
위로해줘

1. 나를 위로해줘

☆

위로가 필요한 날

리스트, 《위안》 3번

사람들은 자신에게 얼마나 위로가 필요한지 잘 모르는 것 같다. 시간을 잘게 쪼개어 하루를 꽉 채워 살고, 지쳐 잠들 정도로 나 자신을 다 소진하며 살아도 잘 살고 있는 건지 모른다. 그러다 하루쯤 스스로를 느슨히 놓아주려 하면, 어김없이 세상이 눈치를 준다. 남들이 얼마나 열심히 사는지 똑똑히 보라면서 손가락질 한 번으로 수백 명의 삶을 보여준다. 그렇게 각자의 세계에서 최선을 다하고 있는 사람들을 서로에게 전시하고 동경하게 하고, 자기 자신을 폄하하고 혐오하게 한다.

이처럼 행복하게 살기 힘든 '불가피한' 상황이라면, 나라도 이 각박한 세상에서 하루하루 살아가고 있는 자신을 부둥켜 주면서 살아야 하지 않을까. 삶을 건강하게 영위하려면 숨 쉴 때마다 자기 자신을 위로해도 모자라니까. 그런데 많은 사람이 이런 위로에 전혀 애를 쓰지 않는다. 그보다는 그렇게 할 줄 모르는 것 같다.

우리에게는 위로가 필요하다. 따뜻하고 생명력 넘치는 체온으로 스스로를 안아주는, 아주 진심 어린 위로가. 가끔은 이런 말도 할 줄 알아야 한다. 나 지금 위로가 좀 필요해. 솔직히 사는 게 너무 힘들어. 나를 위로해줘.

어떤 사람들은 이렇게 말하는 것을 어려워하고 수치스러워한다. 이런 생각을 하는 것만으로도 자괴감을 느끼며 자신의 고통을 외면하고 과소평가한다. 지금까지 나는 그런 이들을 많이 보아왔다.

나는 대다수의 인간관계에서 위로를 해주는 쪽이었다. 다른 사람의 이야기를 듣고 등을 토닥이는 쪽이었다. 늘 내가 강해야 한다는 강박과 위로를 청하는 여성은 나약하다는 잘못된 생각에 사로잡혀 누가 나를 위로해주려고 하면 웃으면서 "아, 괜찮아" 하며 손을 내저었다.

그러나 음악 앞에서는 감출 수 없었다. 위로받고 싶은 본심을 음악에 들켜버린 날의 연주가 잊히지 않는다. 피아니스트 조성진의 연주였다. 그는 오랜만에 찾은 한국의 피아노 리사이틀 무대에서 피아노 독주 작품 중 손꼽히는 고난도 곡인 라벨의 〈밤의 가스파르〉를 완벽한 기교와 뛰어난 표현력으로 연주했고, 청중의 뜨거운 박수를 받았다. 나는 실황중계로 보았는데도 그가 좌중을 압도했다는 것이 확연하게 느껴졌다.

　　나는 기진맥진했을 피아니스트가 앙코르를 연주할 것이라고 기대하지 않았다. 그러나 그는 열화와 같은 커튼콜을 받으며 무대에 다시 등장했고, 두 곡을 앙코르 연주했다. 그중 하나는 쇼팽의 녹턴* 2번이었다. 이 곡은 인간의 마음을 어루만지는 따뜻한 서정성과 감미로운 선율을 가진 곡이다. 조성진이 그런 곡을 연주할 때 울리는 특유의 투명한 물방울 같은 음색이 야상곡의 부드러운 멜로디를 타고 나에게로 날아왔다.

　　그 곡의 두 번째 음이 귓가에 닿은 찰나, 갑자기 마음속에 응어리진 것이 울컥하고 명치를 치고 올라왔다. 쇼팽의 녹턴이 가진 자기성찰적인 성격과 섬세함이 내 마음을 면밀히 들여다보면서 쓰다듬어야 할 곳을 하나하나 어루만져주는 것을 느꼈다.

* 아일랜드의 피아니스트 존 필드가 창시한 피아노 소품곡의 한 양식. 밤에 어울리는 서정적인 음악, 즉 '야상곡'을 가리킨다. 어원은 '밤의 신'을 뜻하는 라틴어 녹스(Nox).

쇼팽은 타인에게 늘 친절했다. 성정도 아주 세심해서, 모든 인간관계를 무척 조심스러워했다. 쇼팽과 절친했던 리스트의 증언에 따르면 쇼팽은 변덕을 부리지 않고 유쾌한 성격을 가진 사람으로 인간관계가 원만했지만, 자신의 속내는 잘 드러내지 않았다고 한다. 때문에 쇼팽의 내면을 아는 이는 극소수였다.

쇼팽은 수천 명의 관객 앞에서 연주하기보다 몇 명의 가까운 사람들 앞에서 연주하는 것을 더 좋아했다. 그래서 그의 작품 중에서도 피아노 독주곡은 마치 거울처럼 쇼팽의 내면을 보여준다. 내향적이었던 쇼팽이 마음속 깊은 곳에 감춰두었던 극단의 감정들은 활화산 같은 열정, 극도의 분노, 고뇌와 좌절 그리고 깊은 슬픔이었다.

그중에서도 쇼팽의 연약함이 가장 내밀하게 드러나는 곡이 바로 21개의 녹턴이다. 그의 녹턴에는 모두가 잠든 밤만이 허락하는 감수성과 비밀이 쇼팽 특유의 우아한 선율로 구현되어 있다. 그래서 리스트는 이를 섬세하게 그린 데생에 비유하기도 했다.

나는 쇼팽의 늘 타인에게 친절하고 유쾌하게 대하지만 누구에게도 솔직한 속마음을 드러내지 못하는 점에 동질감을 느꼈다. 그래서 한 인간의 깊은 마음속 이야기를 섬세하게 풀어내는 그의 이 음악과 피아니스트의 부드러운 타건이 내게로 연이어 다독임을 건넸을 때, 시큰거리던 눈두덩에서 내려온 물기가 눈매 사이로 툭 터져나오는 것을 막지 못했다. 나는 완전히 이해받는 기분이었다. 무릎에 얼굴을 묻은 채 사 분간 이어지는 녹턴의 쓰다듬에 빨개진 뺨을 맡겨야 했다.

연주가 끝났을 때 나는 좌식 소파에 웅크리고 앉아 얼굴에 흥건한 눈물을 닦기 바빴다. 그러다 몇 년 전, 베토벤의 피아노 소나타 '비창' 2악장이 자신의 눈물 버튼이라고 말했던 C 씨를 떠올렸다. 그제야 그 말을 진심으로 이해할 수 있었다. C 씨는 나보다 먼저 음악으로 자신을 위로하는 법을 터득한 것이다. 얼굴이 벌겋게 부은 채 코를 훌쩍이는 내 눈앞의 화면 속에서, 앙코르 연주를 마친 피아니스트는 관객들에게 뜨거운 박수를 받고 있었다.

나는 조성진을 직접 만난 적이 없다. 공연은 본 적 있지만 가까이서 대화를 해본 적도 없고,

취재차 기자간담회만 가보았다. 그러니 그가 무대 아래에서는 어떤 사람인지 전혀 모른다. 그는 연주하면서 나를 위로하거나 나의 고충을 헤아리는 말을 하지 않았다. 그가 그때 무슨 생각과 마음으로 녹턴을 연주했는지도 알 수 없다. 하지만 이것만은 확신할 수 있다. 그의 연주는 순수했다. 과장과 포장, 욕심과 욕망 없이 오직 순수한 서정성으로 연주해야 진가가 발휘되는 그 곡을 대하는 그의 태도에 감복할 수밖에 없었다.

　　그 연주를 들었던 시기, 나는 내게 주어진 일들을 감당하기 어려웠다. 전부 스스로 벌렸거나 작게 해도 될 것을 크게 만든 것들이었다. 언젠가는 다 도움이 될 거라고 생각해 자발적으로 맡은 일들이었다. 일을 열심히 하는 내 모습이 좋기도 했다.

　　그런데 그날, 그 연주를 들으며 깨달았다. 내가 생각보다 더 힘들어하고 있었다는 것, 일의 무게를 버거워하고 있었다는 것, 무엇보다 너무 오랫동안 나 자신을 위로하지 않으며 살았다는 것을. 그 후로 나는 요즘 나에게 위로가 필요하지 않은지 조금 더 자주 들여다보고, 위로가 필요할 때는 마음을 내려놓고 스스로를 위로해주며 살 줄 알게 되었다.

날이 추워지면 정동길에서는 뜨개질한 천을 두른 가로수들을 볼 수 있다. 그러면 푸르고, 붉고, 노란 나뭇잎만을 사랑하던 사람들이 나무의 시린 몸뚱이를 보며 그제야 나무의 추위를 알아준다. 따뜻한 손으로 도톰한 천을 어루만져 주고 간다. 나무의 추위를 알게 하고, 어루만져 주게 하고, 그때의 추위와 손길을 모두 잊지 않게 만드는 한 겹의 천. 그 천이 위로의 시작이다. 세상을 살아가는 누구에게나 그 한 겹의 천이 필요하다. 나에게는 한 피아니스트가 백 퍼센트의 순도로 연주한 쇼팽의 녹턴 2번이 그 천의 역할을 해주었다.

누군가에게는 그 한 겹의 천이 바흐의 칸타타일 수 있고, 김환기의 〈우주〉일 수 있다. 또 제주나 괌의 에메랄드빛 바다이거나 푸르른 산속의 향기일 수 있다. 언젠가 양화진 순교 성지에 간 적이 있다. 그곳에서 성모마리아상 앞에 서서 가만히 기도하는 중년 여성을 보았다. 꼭 어떤 막을 씌워 세속으로부터 자신을 차단한 듯한 그의 뒷모습에서 나는 집합된 간절함이 가진 숭고한 기를 느꼈다. 아마도 그의 한 겹은 그 순간이 아니었을까.

그날의 녹턴으로 나의 한 겹을 갖게 된 후로도, 나는 여전히 누군가를 위로하는 쪽에 있다. 그 한 겹을 가진 후로는 내가 전보다 훨씬 더 남을 잘 위로하는 것 같다. 때때로 누군가에게 한 겹의 음악이 필요해 보이면 쇼팽의 녹턴과 함께 리스트의 《6개의 위안》(이하 《위안》) 3번을 들려주고는 한다.

리스트의 《위안》은 6개의 곡으로 이루어진 작품집이다. 이 작품을 작곡할 당시 리스트는 카롤리네 자인 비트겐슈타인 공작 부인과 사랑하는 사이였다. 카롤리네는 정략결혼한 공작과 이혼하고 리스트와 결혼하고자 했으나 공작의 방해로 교황청으로부터 이혼을 승인받지 못해 우울감에 빠졌고, 고질병인 피부병까지 도져 극심한 스트레스로 힘겨워하고 있었다.

이에 리스트가 카롤리네를 위로하고자 작곡한 작품이 바로 《위안》이다. 프랑스의 문학비평가이자 작가 샤를 오귀스트 생트 뵈브의 시집에서 영감을 얻어 쓴 이 작품집의 세 번째 곡은 '고독 속의 신의 축복'이라는 부제를 가지고 있다. 리스트의 곡들은 강렬한 분위기에 악마적인 기교를 가진 것으로 유명하다. 하지만 《위안》 3번은 따스하고 차분하다. 사랑하는 이를 진심으로 위로하고자 했던 리스트의 마음과 같이 저음부에서 성당의 종소리처럼 일정한 간격으로 깊게 울리는 음은 독실한 카톨릭 신자였던 카롤리네에게 종교적 안정감을 주었을 것이고, 잔잔히 움직이는 아르페지오arpeggio*는 상심한 카롤리네의 어깨를 쓸어내리는 리스트의 손길 같았을 것이다.

그래서 이 음악은 카롤리네뿐 아니라 위로가 필요하거나 스스로를 위로할 줄 모르는 많은 이의 눈시울을 자연스럽게 젖게 한다. 음악에 담긴 사랑과 부드러움은 듣는 이의 상처받은 마음을 치유하고 따뜻한 체온을 전해준다. 리스트가 카롤리네에게 그러했듯이.

자신을 위로하는 일을 사치처럼 여기는 사람들이 있다. 심지어 두렵게 여기기도 한다. 그런

* 분산화음. 여러 개의 화음을 동시에 소리낼 때 건반 여러 개를 함께 누르지 않고 하나하나 누르면서 화음을 펼쳐가며 연주하는 것. 하프 연주 기법을 모방한 연주법으로 손가락이 물결치듯이 움직인다.

이들이 가장 쉽게 얻을 수 있는 첫 한 겹은 음악이다. 가장 감동적이고, 가장 따스하며, 언제 어디서든 가능한 첫 위안. 쇼팽의 녹턴이나 리스트의 《위안》도 좋고, 아니어도 좋다. 음악은 언제든 우리의 눈물을 닦아주고 가슴을 뛰게 하는, 가장 따뜻한 한 겹의 천이 되어주리라.

전체적으로 느린 템포의 연주. 맑게 시작하는 오른손 음들의 배음이 길고 풍부한 것이 특징이자 매력이다. 안온하게 시작된 연주의 템포는 후반부로 갈수록 미세하게 당겨지고, 음색은 단단해진다. 마지막은 결심을 하듯 끝난다.

비교해 들을 또 하나의 명연은 호르헤 볼레트 (1986, Decca)의 녹음이다. 프레이레의 연주와는 초반부터 왼손의 템포가 확연히 다르며, 전혀 조급한 느낌이 들지 않는 오른손 루바토rubato 조절이 압권이다. 프레이레의 연주가 만년의 지혜와 카롤리네를 향한 리스트의 사랑을 진하게 담고 있다면, 볼레트의 연주에서는 리스트라는 인물의 강인한 성격을 엿볼 수 있다.

타인의 비난에 힘들 때

차이콥스키, 바이올린 협주곡

집 근처에 초등학교가 하나 있다. 그 앞을 지나갈 때 아이들을 종종 본다. 어느 날, 한 여자아이가 학교 앞 카페의 벽에 붙은 그림을 보며 아버지와 실랑이하고 있었다. 아이가 초록색의 구 모양 그림을 가리키며 말했다.

— 아빠, 이거 사과 그림이야.
그러자 그 아빠가,
— 이거? 이거는 초록색이잖아. 사과는 빨간색이지.
그러자 아이가,
— 아니? 사과는 초록색인데. 원래 초록색이고 나중에 빨갛게 변하는 거야.

그 말에 아이의 아버지가 크게 웃었다. 내 웃음 소리는 거기까지 들리진 않았을 것이다.
사과는 원래 초록색이다. 빨간 것만 사과

는 아니다. 워낙 다채로운 세상이니, 파란색 사과가 있어도 이상하지 않다. 검다고 해도 딱히 문제 될 것은 없다. 보라색이면 또 어떤가? 살다보면 보라색 사과도 있을 수 있지.

아이의 순수한 눈에는 초록색 사과가 보이지만 어른의 눈에는 보이지 않는다. 대다수 어른의 생각에 사과는 빨간 것이 '정상'이라, 초록색 구가 사과일 가능성은 일단 부정하게 된다. 그러나 이 '사과는 빨간색'의 틀을 깨고 나와야 세상에 존재하는 모든 색의 사과를, 세상의 무한하고 아름다운 색채를 비로소 볼 수 있다.

우리 사회는 정상의 범주를 규정해두고 그 안에 속하지 않은 사람들을 압박한다. 그리고 서로 지나치게 쉽게 연결되는 사회에 살고 있는 탓에 서로를 쉽게 평가하고 평가당한다. 그런 일이 쉽다는 사실엔 무뎌지고, 타인의 평가엔 예민해진다. 누군가가 내게 실망하는 것에 대한 두려움과 '정상적이지 않은 나'에 대한 검열이 나 자신을 불행하게 만든다는 것을 알면서도, '정상' 범주를 벗어날 때마다 불안함과 불편함을 느낀다.

사는 데에 있어 가장 무용한 일 두 가지를 꼽아보라면 하나는 사랑에서 개연성을 찾는 것이고, 다른 하나는 남의 말에 지나치게 신경을 쓰는 것이다. 누군가가 세운 정상의 기준은 '정의'와 동의어가 아니다. '일반적'이라는 것은 정상인 것, 맞는 것, 좋은 것과 같은 뜻이 아니다. 일반적인 기준에서 벗어나 있더라도 그저 일반적이지 않은 사람일뿐이지 '비정상적인 사람' '틀린 사람'이 절대 아니다. 당시에는 손가락질 당했지만 지금은 위대한 예술가로 칭송받는 이들만 생각해 보아도 그렇다. 달라진 것은 타인의 평가이지, 그 사람 자체가 아니다.

세평이란 이토록 하잘것없다. 만약 쇼팽 해석의 신세계를 연 루빈스타인이 세평에 휘둘리는 사람이었다면 현대의 쇼팽 연주가 지금과 같이 다양해질 수 없었을 것이다. 20세기의 전설적인 피아니스트 호로비츠가 위대한 이유도 음악성뿐만 아니라 음악 안의 새로움을 계속 발견해나가며 세상에 선보였던 그의 신념에 있다. 그뿐만 아니라 마르타 아르헤리치, 마리아 유디나, 블라디미르 소프로니츠키, 알프레드 코르토와 같은 위대한 피아니스트들이 기존 '명연'의 틀을 벗어나 선보인 신선하고 충격적인 연주는 수많은 사람의 영감과 원동력이 되었다.

그러니 비정상은 없다. 정답도 없다. 사람을 평가하는 절대불변의 원칙과 기준은 없다. 이 시대의 순간적인 기준에 나를 맞출 필요는 없다. 나라는 존재의 가치를 확인하기 위해서 반드시 타인의 인정을 받아야 하는 것은 아니다. 공인된 대단한 업적을 쌓아야 하는 것도 아니다. 오히려 남들에게 인정받아야 한다는 강박에서 벗어나야 인생을 행복하게 살 수 있다. 또한 타인에게 받는 사랑과 미움의 무게가 곧 나의 무게는 아니니, 타인이 내게 실망하더라도 인생의 포커스를 거기에만 둘 필요는 없다. 타인의 평가는 짧지만, 나의 삶은 기니까. 살아온 시간도, 살아갈 시간도.

우리는 이를 알고 있는데도 가끔 흔들리곤 한다. 남들과 나 자신이 다르다는 것을 자각할 때, 남들의 말과 시선에 머뭇거리게 될 때, '내가 그렇게 이상한가?'라고 나도 모르게 나를 검열할 때가 그렇다. 그럴 때 차이콥스키를 듣는 것은 좋은 처방 중 하나다.

내가 처음 들은 차이콥스키의 작품은 그의 작품 중 제일 유명한 피아노 협주곡 1번이다. 웅장한 관현악과 위풍당당한 피아노의 조화는 초등학생이었던 나에게 군악대의 화려하고 웅대한 행진이 눈앞에 펼쳐지는 것 같은 환상을 안겨주었다. 그래서 그 곡에 도전해보려 했지만, 곡을 연주하기에는 손가락이 짧았고 너무 어려워서 금방 포기하고 말았던 기억이 난다. 그 후 고등학생 때까지 나에게 차이콥스키는 단순히 크고 화려한 음악을 하는 작곡가였다.

차이콥스키를 다시 보고, 그에 대해 이것저것 찾아보게 된 계기는 대학생 때 처음 들은 〈피렌체의 추억〉이었다. 차이콥스키가 이탈리아 여행 중 작곡을 시작해 러시아로 돌아와 마무리한 이 현악육중주 작품은 차이콥스키 특유의 짙은 서정성과 낭만성을 가지고 있다. 피아노 협주곡 1번과 같은 풍성한 현악 선율도 아름답다. 그런데 이 곡은 어쩐지 쓸쓸했다. 이 음악을 들은 후 그에 관한 책을 찾아 읽어보다가 그가 동성애자였다는 사실을 알게 되었다.

그 이후로 차이콥스키의 음악을 들을 때마다 나는 늘 그가 외로운 싸움을 하고 있다는 생각이 든다. 세상과 그의 싸움이 어땠는지 듣는 것만 같다. 더 나아가 그의 싸움에 동참하고 있는 기분, 나의 싸움에 그의 음악이 의지가 된다는 느낌을 받기도 한다. 창작자라면 누구나 매일 벌일 자기 자신과의 다툼은 차치하더라도, 차이콥스키는 보수적인 러시아 사회에서 자신의 정체성을 숨기고 살아야 했을 것이다. 또 자신이 동성애자라는 사실을 스스로 인정하고 받아들였음에도 언제나 사회의 시선에 의해 벌어지는 내면의 전쟁을 견뎌야 했을 것이다.

그래서 차이콥스키의 음악을 들으면 자기 존재를 인정하고 오직 음악에만 몰두했던 차이콥스키의 영혼을 만나는 것 같다. 음악으로 이 세상에 비정상은 없다는 사실을 머릿속에 새기는 것 같다.

차이콥스키는 생전에도 대중에게 존경받는 음악가였다. 차이콥스키의 장례식은 황실 주재로 치러졌는데, 상트페테르부르크에 위치한 카잔 성당에서 성대하게 열린 장례식에 가려고 육만여 명의 인파가 몰렸을 정도다.

그런 그의 작품 중에도 발표 당시 일반적이지 않다며 초연 때부터 세간의 혹평을 받은 것이 꽤 있다. 하지만 차이콥스키는 그 작품들을 절대 포기하지 않았다.

재미있는 것은 그 작품들이 모두 현대에 이르러서 세계에서 가장 자주 연주되고 가장 많이 사랑받는 곡이 되었다는 사실이다. 나와 차이콥스키의 첫 만남이었던 피아노 협주곡 1번도 그렇고, 바이올리니스트들의 필수 레퍼토리인 바이올린 협주곡, 발레 작품의 양대 산맥으로 불리는 《백조의 호수》와 《호두까기 인형》도 그렇다.

차이콥스키는 첫 번째 피아노 협주곡을 작곡한 후 당시 모스크바 음악원장이자 당대 최고의 피아니스트로 이름을 날리던 니콜라이 루빈스타인에게 이 작품을 헌정하고자 들려주었다. 그러나 루빈스타인은 "곡이 피아노라는 악기와 맞지 않는다"라며 부정적인 반응을 보였다. 그리고 차이콥스키가 곡을 수정하는 조건으로 초연을 해주겠다고 말했지만, 차이콥스키는 그 제안을 거절하고 끝까지 단 한 마디도 수정하지 않았다. 저명한 피아니스트의 혹평에도 자신의 작품이 이상하다고 생각하지 않았던 것이다.

그 후 그는 독일의 명지휘자 한스 폰 뷜로에게 연락해 이 곡의 초연을 부탁했다. 단번에 작품의 독창성을 알아본 폰 뷜로는 2020 도쿄올림픽 때

러시아 국가 대신 연주되기까지 했던 이 작품 초연의
지휘를 맡았다. 초연은 대성공을 거두었다. 차이콥스
키는 관객과 평단의 뜨거운 호응을 받으며 곡을 폰 빌
로에게 헌정했다.

《백조의 호수》에도 비슷한 사연이 있다.
차이콥스키는 발레 음악의 역사를 새로 쓴 작곡가이
기도 한데, 사실상 발레 음악의 아버지라고 해도 과
언이 아니다. 발레 애호가였던 그는 단조롭고 단순한
멜로디에 그쳤던 발레 음악의 수준을 교향악곡과 같
은 수준으로 끌어올렸다.

그러나 오늘날 세계에서 가장 많이 공연
되는 차이콥스키의 발레 3부작 《백조의 호수》《잠자
는 숲속의 미녀》《호두까기 인형》 중 초연 당시 성공
한 작품은 《잠자는 숲속의 미녀》뿐이었다. 특히 《백조
의 호수》는 기존 발레 음악에 익숙했던 당시 대중에
게 인정받지 못했고, 무용수들은 춤추기 어려운 음악
이라고 불평했다. 심지어 다른 작곡가의 진부한 음악
으로 차이콥스키 음악의 일부를 대체하는 만행까지
벌어졌다. 이 일에 차이콥스키는 큰 상처를 받았다.

이렇게 대중과 평단이 혹평했으니, 차이

콥스키는 두 번 다시 발레 음악에 손도 대지 않았을
까? 그는 《백조의 호수》를 발표한 뒤 십 년 후 《잠자
는 숲속의 미녀》로 발레 음악에 재도전했고, 초연부
터 크게 성공했다. 차이콥스키가 남들의 요구대로 단
순한 발레 음악을 만들어서 성공한 것일까? 그 반대
다. 차이콥스키는 자신의 개성을 포기하지 않았다. 오
히려 《백조의 호수》를 작곡할 때보다 훨씬 더 극적인
관현악법을 사용했다. 더 나아가 이 작품의 의상에도
관여했다고 한다.

차이콥스키의 또 다른 대표작인 바이올
린 협주곡도 초연 당시에는 굴욕을 겪었다. 러시아어
뿐만 아니라 프랑스어, 독일어, 이탈리아어에도 능통
했던 차이콥스키는 평생 19개 나라, 153개 도시를 여
행했다. 덕분에 그는 다양한 국가에서의 경험과 러시
아의 음악 정서를 기반으로 한 특유의 다채로운 선율
미를 작품으로 보여줄 수 있었다.

그는 1877년 겨울부터 영감을 위한 여행
겸 휴식을 취하고자 이탈리아, 스위스 등지를 다녔다.
1878년, 스위스에 머무르던 차이콥스키는 우연히 제
자 코테크와 함께 프랑스 작곡가 랄로의 〈스페인 교

향곡〉을 연주하게 된다. 그리고 이 작품의 매력에 흠뻑 빠져 이 경험을 바탕으로 바이올린 협주곡을 쓰기로 결심한다.

당시 차이콥스키가 그의 오랜 후원자 나데즈다 폰 메크 부인에게 보낸 편지를 보면 랄로의 곡이 차이콥스키에게 얼마나 많은 영감을 주었는지, 그가 이 작품의 어떤 개성에 끌렸는지, 그로 인해 작곡한 자신의 바이올린 협주곡에 얼마나 큰 자신감과 애정이 있었는지 알 수 있다.

프랑스 작곡가 랄로의 〈스페인 교향곡〉을 아시나요? 나는 이 작품에서 큰 즐거움을 얻었습니다. 상쾌하고 가벼우며 신나는 리듬, 아름답고 화려하며 조화로운 선율이 가득합니다. 물론 비제의 음악처럼 깊이가 있지는 않습니다. 그러나 랄로는 구습을 따르지 않고 새로운 형식을 찾았으며, 음악적 아름다움을 발견했습니다.

…… 오늘 아침, 나는 당신에게 말했던, 헤아릴 수 없을 정도로 뜨거운 영감에 압도되었습니다.

…… 시간이 어떻게 흘러가는지 모를 정도입니다. 이 협주곡은 나를 사로잡고 있어요. 지금까지 나는 한 작품을 완성할 때까지 새 작품을 작곡하지 않는다는 원칙을 지켜왔지만, 작업 도중에 새 작품을 시작한 것은 이 협주곡이 처음입니다.*

차이콥스키에게 이 바이올린 협주곡은 계시와도 같았다. 편지에 밝혔듯 차이콥스키는 망설임 없이 곡을 써내려갔는데, 작업이 얼마나 수월했냐면 전체 3악장 중 2악장은 완성하고 보니 마음에 들지 않아 일주일 만에 새로 쓰기까지 했다.

그는 야심 차게 작곡한 이 협주곡을 당대의 저명한 바이올리니스트 레오폴드 아우어에게 헌정했다. 그러나 아우어는 이 바이올린 솔로 파트에 문제가 있다고 여겨 초연을 미뤄두었다. 결국 아우어가 아닌, 바이올리니스트이자 라이프치히 음악원 교

---

* 차이콥스키 리서치에서 재인용. 원문은 다음 책에 실려 있다. Tchaikovsky, Modest Ilyich, 『Жизнь Петра Ильича Чайковского』 Том 2, Moscow: Алгоритм, 1997.

수였던 아돌프 브로드스키가 빈에서 초연했다. 작품 완성 삼 년 후의 일이었다.

초연의 평은 처참했다. 유명 평론가 에두아르트 한슬리크로부터 "거칠고 저속하며 싸구려 리큐르 냄새가 난다"는 혹평을 받은 데 이어 다른 평론가들의 비난이 쏟아졌다. 보통의 바이올린 협주곡보다 연주 기법이 과하게 어렵고, 소리가 너무 거칠다는 것이 공통된 지적이었다.

물론, 이번에도 차이콥스키는 작품을 수정하지 않았다. 다행히 곡의 진가를 알아본 브로드스키의 도움으로 작품은 점점 진면모를 인정받기 시작했고, 차이콥스키는 브로드스키에게 다시 작품을 헌정했다.

차이콥스키의 어느 작품이 그렇지 않겠냐만, 가장 흥미로운 사연을 가진 이 바이올린 협주곡에는 삶에 대한 그의 태도가 특히 분명하게 드러난다. 나는 이 작품에 담긴 차이콥스키의 자기 확신과 신념을 좋아한다.

곡이 시작하면 1악장에서는 조용히 흘러가는 서주*에 이어 솔로 바이올린과 관현악이 서로

부딪히듯 소리를 주고받는다. 악상의 규모는 이내 거대해지고 화려한 관현악이 폭죽처럼 터져나온다. 이 때 수십 대의 관현악기 속에서도 당당하고 힘이 넘치는 솔로 바이올린은 다수의 '정상'과 그 정상에 맞서는, 혼자서도 포기하지 않는 차이콥스키 같다.

　　　　서정적인 2악장은 유년 시절부터 예민했던 차이콥스키의 내면에 자리한 슬픔이 드러나는 듯 하다. 대부분의 협주곡은 2악장이 분명히 끝난 후 3악장을 시작하지만, 이 작품은 2악장과 3악장이 자연스레 이어져 묘한 느낌을 자아낸다. 3악장의 시작이 마치 2악장의 슬픔을 덮듯이, 그러나 '차이콥스키다워지려는 듯' 폭발적인 관현악으로 시작하기 때문이다. 초반부터 등장하는 강렬한 바이올린 카덴차 cadenza** 와 러시아 민속 춤곡풍의 리듬을 활용해 축제 분위기로 펼쳐지는 음악의 향연은 차이콥스키 내면의 슬픔을 드러냈다가, 결국에는 기쁨을 만끽하는 듯

---

* 　작품의 본격적인 주제가 시작하기에 앞서 짧게 연주되는 주제.
** 　독주 악기가 오케스트라 없이 홀로 연주하며 자신의 기교를 최대한 과시하고, 주제를 자유롭게 변주하는 구간. 연주자는 자신만의 카덴차를 만들어 연주하거나 즉흥 연주를 하기도 하고, 작곡가가 따로 작곡해둔 카덴차를 사용하기도 한다.

화려하게 끝난다. 차이콥스키의 자아와 같은 솔로 바이올린은 처음부터 끝까지 기쁨과 슬픔 사이를 오가며 당당하게 휘날린다.

차이콥스키는 유럽의 변방인 러시아의 음악을 서유럽에 비견할 수 있는 반열에 올려놓은 러시아 클래식 음악의 대부이지만, 그전에 자신의 본질을 포기하지 않은 한 명의 인간이다. 그는 루빈스타인이 혹평해서, 한슬리크가 맹비난을 해서 자기 개성을 포기하고 기존의 음악 어법을 답습하는 사람이 아니었다. 그가 남들이 원하는 대로 걸었다면, 우리는 찬란한 차이콥스키의 명곡들을 만나지 못했을 것이다. 톨스토이가 듣고 눈물을 흘렸다는 현악사중주 1번도 애초에 탄생하지 않았을 것이다.

모두에게 사랑받을 수는 없다. 이 사실을 알고 타인의 평가에 힘을 내어주지 않는다면, 그 평가들은 아무런 힘이 없다. 말의 힘은 내가 그 말에 의미를 부여했을 때 생기는 것이다. 그러니 타인의 습관적인 평가에 가치를 부여할 필요는 조금도 없다.

우리도 차이콥스키처럼 되어야 한다. 자기 존재의 흔적을 타인의 말에 남기지 않고 차이콥스키의 음악과 같은 자신만의 유산에 남겨야 한다. 우리의 빛나는 생각과 시선은 늘 자기 자신을 향해야 한다. 차이콥스키가 그러했고, 그의 아름다운 음악들이 그러하듯이. 누가 그것을 무엇이라고 부르든 그것이 내게 빛이라면 그것은 여전히 빛이니까.

이 곡은 화려하고 힘이 넘치는 바이올린 카덴
차가 상당히 고난도다. 동시에 서정적인 구간에서 그 서정
성을 어떻게 표현하느냐가 관건이다.

　　본 음반에서 정경화의 연주는 여러 면에서 정
제된 느낌을 많이 준다. 날것 그대로의 연주를 느끼고 싶다
면 그가 본 음반 발매 이 년 후 지휘자 알버트 로젠, 내셔널
심포니 오케스트라(워싱턴)와 함께 연주한 영상을 적극 추
천한다. 이 실황 영상은 특히 한국인들에게 차이콥스키 바
이올린 협주곡 입문서처럼 여겨질 정도로 많은 사랑을 받
고 있다. 정경화의 어린 나이는 아무 상관이 없다는 듯한 패
기, 흔들림 없는 강인함과 날카로운 카리스마에 흠뻑 매료
될 수 있다. 2악장에서 차이콥스키의 슬픔을 지나치게 감상
적으로만 연주하지 않는 것도 그의 카리스마에서 기인한다.

그 연주는 부드럽게 슬프되, 결코 자기 연민에 젖지 않는다. 해외에 나가 "프롬 사우스 코리아" 하면 알아듣는 외국인이 많지 않던 시절, 아일랜드의 무대 위에 선 젊은 동양인 여성 정경화는 위압적인 오케스트라에 절대 밀리지 않는다. 그의 당당한 기세와 강렬한 연주는 흔들리는 마음을 단단하게 붙들어준다.

생각에 잠기는 밤에

라벨, 〈죽은 왕녀를 위한 파반느〉

가을이 오고 있는 것 같다. 해 질 녘 하늘은 신비로운 산호색이거나 매혹적인 진홍색을 띤다. 이를 보면 이브 몽탕이 부르는 '고엽'을 찾아 듣게 된다. 며칠 동안은 슈베르트를 내리 들었다. 어제는 〈네 손을 위한 환상곡〉에 빠져 있었다. 이렇게 센티멘털한 새벽은 여름에는 찾아오지 않는다. 그러니 가을이 오고 있는 것이다.

가을에는 더 자주 생각에 잠긴다. 무언가 골똘히 생각한다기보단 상념의 폭포에 휩쓸리는 느낌이다. 터진 둑처럼 무수한 생각들이 쏟아질 때가 있다. 그럴 때면 원고 작업에 난항을 겪는다. 엉덩이를 의자에 억지로 붙이고 마른세수를 한 번 한 다음 무거운 얼굴로 키보드 위에 손을 얹은 후 어찌저찌 천 자를 쓰고, 또 천 자를 지운다.

그러다 간혹 오늘처럼 대뜸 비가 쏟아지면, 급히 안도하면서 키보드에 올렸던 손을 내리고 머리를 짚는다. 이럴 때 내리는 비가 가장 반갑다. 머릿속을 빽빽하게 채운 상념들을 빗소리에 전부 흘려 보내버릴 수 있을 것 같다.

오늘의 비는 꽤 점잖지 못하다. 처음부터 와라락 쏟아지더니 이내 창밖을 물바다로 만든다. 나흘 전 시작되어 어제 잠시 멈추었다가 이 밤에 다시 시작된 늦은 장맛비를 반기며 보았다. 검은 유리창으로 보이는 밤의 빗자국을 눈에 새기고, 앞집의 양철지붕을 쉴 새 없이 때리는 비의 박동을 느끼며 젖은 밤의 풍경에 빠져들었다. 오늘 해야 할 작업을 마치지 못할 것 같다는 죄책감을 밀쳐내고 책상에서 일어나 창가로 갔다. 창가 옆 일인용 좌식 소파를 조금 더 뒤로 눕히고 그 안에 몸을 집어넣어 등을 기댔다.

이런 날에는 차분히 책을 읽어도 좋겠지만 그보다는 빗물에 지워지는 생각의 모양을 응시하는 편이 낫다. 이 순간 모차르트나 베르디의 레퀴엠(진혼미사곡)을 듣는다면 드라마 한 편이 뚝딱 완성된다. 그래서 기자였을 당시 늦은 새벽에 기사를 마감할 때면 늘 모차르트의 《레퀴엠》 중 〈라크리모사〉를 들었다.

미간 사이에 세로로 깊게 팬 주름을 펴줄 만한 음악이 필요할 때도 있다. 비가 추적추적 내리는 한여름 밤에는 이런 마음이라면 켐프가 편곡한 바흐의 〈시칠리아노〉와 헨델의 〈미뉴에트〉를 즐겨 들었다. 모두 고전음악이라 고요히 생각하기 좋았다. 만약 비가 폭풍처럼 몰아친다면 스크랴빈의 피아노 소나타들을 들었다. 리히터와 소프로니츠키와 임윤찬의 연주로 세 개의 다르면서도 서로 연결된 세계를 만나는 즐거움이 있다. 리스트의 용맹하고 처절한 피아노 소나타를 이어 듣기도 했다. 그렇지만 지금은 한여름 밤의 그 음악들보다 라벨이 듣고 싶다.

라벨의 〈볼레로〉는 같은 주제가 계속 반복되는 관현악곡이다. 오케스트레이션이 부담스럽지 않고 황홀감을 초래하는 음악은 아닌지라 작업할 때나 생각하며 듣기에 꽤 좋다. 비가 온다고 꼭 물방울 소리가 낭랑한 〈물의 유희〉와 같은 음악을 들을 필요는 없다. 이번에는 그 곡들보다 차분한 〈죽은 왕녀를 위한 파반느〉를 듣기로 했다. 이 작품은 심포니라면 호른 솔로와 현악의 조화가 아름답고, 피아노 솔로라면 마음에 진한 여운을 남기는 곡이다.

빠르고 세찬 빗소리와 전혀 어울리지 않는, 느리고 우아한 파반느pavane*를 여러 번 반복해 들었다. 일상과 격리된 이질적인 것들의 틈새로 도피했다. 적당히 푹신한 소파에 몸을 맡기고 자연의 음과 현의 음에 안겨 눈을 느리게 감았다 뜨며 생각에 잠겼다. 창문에 지저분하게 붙어 있던 먼지가 균일하게 떨어지는 빗물에 씻겨 내려가는 것을 보면서 머릿속 상념들도 씻어냈다. 긴 날숨과 함께 내려놓아야 할 것들을 내려놓고, 파반느의 주제 선율처럼 차분하게 호흡을 가라앉혔다.

무수한 생각을 정리할 때는 공간이 많은 음악이 좋다. 정작 라벨은 이 작품이 형식적으로 빈약하다고 여겼지만, 나는 오히려 이러한 공간이 없었다면 지금 이 음악을 듣지는 않았을 것이다.

라벨은 드뷔시와 함께 '회화성'으로 대변되는 프랑스 인상주의의 거목이다. 그러다 보니 대중에게 더 잘 알려진 드뷔시와 묶여 '드뷔시처럼 라벨

*   16세기 초 이탈리아에서 발생해 17세기까지 유행했던 궁중 춤곡. 박자가 매우 느리고 장중한 분위기를 가지고 있다.

의 음악도 몽환적이겠거니'라는 오해를 쉽게 받는다. 그러나 인상주의의 한계를 짐작하고 있었던 라벨은 드뷔시의 작품과 비교하면 대단히 정교하며, 고전적이고 촘촘한 형식과 구조를 갖춘 작품을 썼다.

미국의 음악 평론가 헤럴드 손버그는 드뷔시를 수채화가에, 라벨을 동판화가에 비유했고, 프랑스의 피아니스트 나디아 타그린은 라벨의 음악을 몽환적인 마법이면서 동시에 정밀한 기계장치와 같다고 일컬었다. 스트라빈스키도 라벨의 작품이 가진 고도의 정밀함에 감탄하며 그를 "스위스 시계 장인"이라고 부르기까지 했다.

상념이 많을 때 라벨의 음악을 듣기 좋은 이유가 무엇일지 생각해 본 적이 있다. 그의 이성적인 면모가 음악에 배어 있어 듣는 이의 불필요한 생각들을 싹둑 잘라주기 때문이 아닐까. 단단하게 설계된 구조 속에 꼭 필요한 아름다운 선율만을 남겨둔 채 말이다.

실제로 라벨은 무심하고 냉소적인 편이었다. 또한 자신에 대한 부당한 소문이나 평가에 품위 있게 대응할 줄 알았다. 그런 그의 모습은 마치 프랑스의 강직한 선비 같다.

여담으로, 의외로 귀여운 면모도 있었다. 개와 고양이를 사랑했던 라벨은 그의 작풍처럼 정교하고 작은 기계 장난감 모으기를 좋아했는데, 집에 찾아온 친구들에게 장난감의 태엽을 감아 시연하며 즐거워했다고 한다.

그런 그의 초기 작품인 이 곡에는 그가 중요하게 여겼던 '선율미'가 흐른다. 하나하나 섬세하게 설계된 화성과 절제된 표현력은 투명한 창과 같은 너른 공간에 물방울처럼 맺힌다. 이러한 경향은 계속 이어져 훗날 더 뚜렷하게 드러난다. 천천히 진행되며 옅은 잔향을 남기는 피아노 소리는 전신을 조이고 있던 예민한 신경과 두껍고 복잡한 생각의 매듭을 느슨하게 풀어준다.

그렇게 나는 하나의 명료한 주제를 가져 단순하게 느껴지지만, 사실은 완벽주의자의 번민이 녹아들어 있는 음악을 따라 여러 겹의 고뇌를 한 줄로 길게 늘어뜨려 빗물에 천천히 흘려보냈다.

이 음악을 듣다 보면 또 궁금해지는 것이 있다. 작품 제목에 등장하는 '죽은 왕녀'는 누구일까 하는 점이다.

라벨은 이 작품을 폴리냐크 공작 부인에게 헌정했다. 폴리냐크 공작 부인은 드뷔시, 라벨, 포레, 사티, 스트라빈스키 등에게 작품을 위촉하고 무대를 제공하는 등 시대의 유망한 음악가들을 물심양면으로 후원했다. 그의 살롱은 작곡가뿐만 아니라 화가 모네 등 유명 예술가들이 모이는 교류의 장이기도 했다. 그래서 세간에서는 '죽은 왕녀'를 폴리냐크 공작 부인이라고 추측했다. 이를 의식한 라벨은 "스페인의 왕녀를 떠올리며 작곡한 곡"이라고 대외적으로 분명히 못 박았는데, 라벨의 평소 성격으로 미루어 보아 자신을 후원해준 폴리냐크 공작 부인이 구설수에 휘말리는 것을 막고자 했던 것 같다.

같은 음악을 한참 듣다 보니 갑작스럽게 내리기 시작했던 비가 점점 잦아든다. 장맛비라더니 꼭 소나기처럼 오래가지 않았다. 새벽이 되면 다시 찾아오겠지, 중얼거리며 멀거니 창밖을 보았다. 바람이 센지 흰 새의 날개 같은 구름이 조금 빠르게 흘러간다.

나는 마지막으로 반복되는 파반느의 주제를 들으며 정리를 마쳤다. 오늘은 역시 여기까지 하는 게 좋을 것 같다. 앉아 있던 자리에서 일어나 책상 앞으로 갔다. 쓰던 원고를 저장하고 컴퓨터의 전원을 껐다. 책장에서 읽고 있던 소설책을 꺼냈다. 아직 절 반의 이야기가 남아 있다.

　　　　내일은 늦장마의 마지막 날이다. 흔적이 옅게 남는 비가 내릴 것이다. 그러니 슈만을 듣지 않을까. 안개 낀 들판을 날아다니는 반딧불이 같은 음악인 《카니발》〈오이제비우스〉도 좋지만, 그보다는 《크라이슬레리아나》가 좋겠다. 《크라이슬레리아나》는 슈만이 독일 작가 호프만의 소설에서 영감을 얻은 음울하고 아름다운 작품집으로, 두 개의 주제가 빗줄기처럼 교차하는 여덟 개의 환상곡이다. 눈물 같은 가을비를 보며 듣기에 그만한 배경음악도 없을 것이다.

추천연주

모리스 라벨, 〈죽은 왕녀를 위한 파반느〉
M. Ravel, 〈Pavane pour une infante défunte〉, M. 19

스비아토슬라프 리히터(1954, Parnassus)

라벨은 이 작품을 처음에는 매우 느린 템포로 연주하라고 요구했지만, 나중에는 빠른 템포도 허용했다. 스비아토슬라프 리히터의 라이브 레코딩은 느리게 진행되는데, 음과 페달을 길게 끄는 데다 홀의 울림까지 더해져 마치 장송곡 같은 분위기를 자아낸다. 무겁고 엄숙한 파반느를 느껴보고 싶은 이들에게 추천하지만, 라이브 레코딩이라 연주 현장에서 함께 녹음된 관객의 기침 공격이 심각하다는 문제가 있기는 하다.

백건우의 1998년 서울 콘서트 연주 역시 명연이다. 그의 연주는 특히 느리게 이루어진다. 우아한 파반느를 들뜨지 않게, 본래 파반느라는 춤곡의 성격대로 장중하게 들려준다. 다른 해석에서 흔히 보이는 급작스러운 음의 세기 변화, 우악스러운 감정 변화 없이 자연스러운 고조와

절제된 표현력이 마음에 평온을 가져다준다. 마지막 화음을 웅장하고 무겁게 소리 내지 않고 소박하게 끝낸다는 점 역시 이 해석의 매력이다. 마이러 헤스의 녹음(1994, Biddulph)은 백건우의 연주보다 템포가 조금 빠른데, 음이 짧게 연주되어 본디 '춤곡'인 파반느의 성격에 더 집중하며 감상할 수 있다.

4. 죽음이 우리를 갈라놓아도,
당신의 영혼은 영원히 이곳에

누군가의 죽음에 허무함을 느낀다면

베토벤, 피아노 소나타 32번

"허무하네."

어머니는 화단 계석에 앉아 계셨다. 물끄러미 하늘을 보는 오십 대 여자의 검은 상복은 이상하리만치 컸다. 마치 입으면 안 될 옷을 입고 있는 사람처럼 보였다.

"사람 사는 게 참 허무한 것 같아. 이렇게 죽으면……."

아등바등 살아봤자 죽어서 타버리면 끝날 뿐인데. 어머니의 흐려지는 말끝 뒤로 그 말이 어렴풋이 들리는 듯 했다. 태어나 처음으로 가족의 죽음을 받아들여야 했던 날. 그날의 날씨는 어머니의 말끝을 깨끗이 덮어버릴 것처럼 맑았다.

어머니가 강원도 태백에 사실 때, 할아버지는 광부였고 그의 일터는 위험했다. 광산 바깥쪽에서 일하던 할아버지는 모면했지만, 동굴 안쪽 깊숙이 들어가서 일하던 동료들은 수십 번의 폭발, 붕괴, 심지어는 사망까지, 누구도 책임지지 않는 사고들을 겪어야 했다. 칠흑처럼 어둡고 무섭도록 깊은 갱 안에서 사고는 끊임없이 일어났다. 할아버지의 출근길은 매번 죽음의 아가리로 걸어 들어가는 것이나 마찬가지였다.

그런 할아버지의 노고에도 불구하고 나는 어머니를 너무나 사랑해서, 마음 한편에 언제나 할아버지에 대한 원망이 있었다. 성실하고 똑똑한 어머니를 대학에 보내주지 않은 것, 어머니의 귓병을 제때 치료해주지 않고, 어머니의 고충을 알아주지 않은 것 같은 일들이 서운했다.

마지막으로 할아버지를 본 날은 시신을 화장하는 날이었다. 장례지도사는 수의 입은 할아버지를 눕혀놓고 우리에게 그 주위를 둘러싸라고 한 후, 마지막 인사를 하라고 했다. 가장 먼저 입을 뗀 사람은 어머니가 아니라 아버지였다.

"아버님, 그동안 고생하셨고……"

아버지는 말을 멈추었다가 잠시 침묵하시고, 같은 말을 다시 하셨다.

"그동안 고생하셨습니다."

마지막 음절이 축축했다. 나는 고개를 들

어 아버지를 보았다. 아버지는 거친 손등으로 눈물을
훔치고 계셨다. 아버지가 웃다가 흘리는 것이 아닌
처음부터 슬퍼서 흘리는 눈물을 그날 처음 보았다.
아버지의 눈물에는 한 종류의 동지애가 담겨 있었다.

　　　　　어머니는 이미 울고 계셨다. 나는 어머니
가 무슨 말씀이든 하시기를 바랐다. 오십 년간 쌓아
온 설움이든 무엇이든 할아버지에게 다 뱉어버리기
를 바랐다. 하지만 어머니는 그러지 않으셨다. 눈물을
닦은 어머니는 무언가 말씀하시려다 이내 한마디 하
시고 다시 울기만 하셨다. 아버지. 그게 끝이었다.

　　　　　어머니의 눈물은 아버지의 것과는 달랐
다. 어머니의 눈물에는 자신의 아버지에게 느끼는 허
무함, 깊은 슬픔, 못다 한 말에 대한 아쉬움 그리고 나
는 미처 헤아릴 수 없는 감정들이 섞여 있었다. 아버
지라는 이유만으로 마음의 기둥 같았던 존재가 이제
없다. 어머니는 할아버지의 죽음을 아직 받아들이지
못하고 계셨다.

　　　　　결국 어머니는 엉엉 울며 슬픔을 토해내
시고 말았다. 할아버지가 타오르는 동안 쉰이 다 된
어머니는 아버지를 부르며 어린애처럼 소리 내 우셨

다. 그 곁에 앉아 있었던 나는 우는 어머니를 안고 어머니의 왜소한 등을 매만지는 것 말고는 아무것도 할 수 없었다. 젊은 날 광산에서 얼굴에 재를 묻히고 일했던 할아버지. 할아버지는 젊은 당신의 얼굴을 가렸던 재로 흩어졌다.

장례가 끝나고 집으로 돌아가는 차 안에서 우리 가족은 별다른 말을 하지 않았다. 어머니의 마음에는 커다란 구멍이 생긴 것 같았다. 나는 어머니보다 덜 거친 얼굴로 창밖을 보며 생각했다. '어머니의 말이 맞는 것 같다. 죽으면 다 끝나는구나. 할아버지의 생은 이렇게 끝나는구나. 어차피 모든 것은 소멸하기에 허무하구나.' 삶이 무엇인지 지금보다도 더 몰랐던 이십 대 초반의 나는 죽음을 그런 식으로 간단하게 받아들였다.

그리고 삼 년 전 봄, 나는 서울의 어느 콘서트홀에 앉아 자발적으로 죽음에 대해 다시 생각하고 있었다. 누구의 질문도, 주변 누군가의 죽음도 없었지만 무대 위의 피아니스트에 의해서 그럴 수밖에 없었다.

그때 그 무대 위의 피아니스트였던 손민

수는 베토벤이 마지막으로 쓴 피아노 소나타를 연주하고 있었다. 정확히는 연주를 끝내고 있었다. 그가 사 년 가까이 이어온 베토벤 전곡 연주 프로젝트의 마지막 공연, 마지막 연주곡이었다.

많은 사람이 '죽음'을 이야기할 때 평생 죽음에 대해 치열하게 고민한 말러를 떠올린다. 나 또한 그래왔다. 그러나 그 순간, 베토벤의 마지막 피아노 소나타는 내게 영원히 죽음의 상징이 되었다.

베토벤은 인간으로서 창조할 수 있는 음악의 한계를 뛰어넘은 음악가다. 그리고 위대한 음악가인 동시에 철학자다. 유럽이 격동하던 시대에 살았던 베토벤의 음악 안에는 그가 격변의 삶을 살면서 느낀 비극과 그 속에서도 추구하던 희망이 공존한다. 시기에 따라 내용은 조금씩 달랐으나, 베토벤이 한결같이 자신의 음악 안에 담고자 했던 주제는 '인간은 어떻게 살아나가야 하는가'였다.

그런 베토벤의 음악적 자서전이나 다름없는 32개의 피아노 소나타는 그가 좇은 삶의 진리가 담긴 작품이다. 그중 마지막 곡인 32번 소나타는 베토벤이 청력을 잃고 십 년이 지난 뒤에 쓴 것이다.

베토벤의 귓병은 29세 때 시작됐다. 32세 때 의사에게 더 이상 귓병을 치료할 수 없다고 통보를 받았고, 결국 42세에 청력이 완전히 소실되었다. 그 후로 그는 다른 사람과 대화하려면 종이에 글씨를 써서 필담을 해야 했다. 게다가 이 시기 베토벤은 사랑하는 조카의 일탈 문제를 비롯한 갖가지 스트레스로 자신의 건강을 돌보지 않았다.

베토벤은 52세에 32번 소나타를 쓴 후로도 그의 최후의 실내악곡인 현악사중주 16번, 역사적 대작인 교향곡 9번 '합창' 등을 썼지만 피아노 소나타는 더 작곡하지 않았다. 미완성으로 남긴 소나타도 없다. 그는 천천히 죽음을 준비하고 있었다.

그러니 이 작품은 베토벤이 삶의 결말에 대해 내린 '최후의 결론'이라고 볼 수 있다. 그렇기에 그 연주를 들으며 죽음에 대해 생각하지 않을 수 없었고, 죽음을 새롭게 받아들이게 되었다. 특히 마지막 악장, 마지막 한 마디의 여운이 아직도 잊히지 않는다. 그 음악은 죽음에 관해 내가 보았던 어떤 강연, 다큐멘터리, 심지어 실제로 목격했던 죽음보다도 더 충격적인 깨달음을 내게 주었다. 죽음은 허무하지 않다는 깨달음을.

그 공연이 있기 전, 관련 기사를 쓰기 위해 손민수와 전화 인터뷰를 한 적이 있다. 그때 그에게 "만약 베토벤이 더 오래 살았다면 32번 소나타 이후에 새로운 피아노 소나타를 더 썼을 것이라고 생각하시나요?"라고 물었더니, 그는 이렇게 답했다.

"번호야 더 늘어날 수 있었겠지만, 마지막 소나타는 번호만 바뀌었을 뿐 32번 소나타와 똑같은 소나타였을 것입니다."

그리고 덧붙였다.

"죽음이 다가오고 있다는 사실을 알고 있을 때여야만 쓸 수 있는 곡이라고 느꼈습니다."

폭풍처럼 휘몰아치는 괴로움 속에서도 가끔 말도 안 되는 위트가 불쑥 튀어나오곤 하는 1악장, 같은 이야기가 조금씩 다른 형태로 반복되다가 마침내 모든 것이 사라지는 해방의 2악장. 이게 32번 소나타의 전부다. 이 음악은 꼭 이렇게 말하는 듯하다.

"인간의 삶은 장대하고 필히 괴로우나, 그럼에도 언제나 그 안에는 가끔의 아름다움과 즐거움이 있습니다. 우리는 그렇게 살고 또 살다가 죽음의 순간을 마주하게 되는 것입니다."

베토벤은 서서히 다가오는 죽음을 마주

하면서 비로소 살아오는 내내 고민했던 숙명적 질문의 답을 두 개의 악장을 가진 하나의 소나타로 내놓을 수 있게 되었던 것이다.

32번 소나타 2악장의 마지막 한 프레이즈(작은 악절)는 이러한 베토벤의 메시지를 특히 또렷하게 담고 있다. 그 메시지를 받는 데 깊이 있는 음악적 지식은 필요하지 않다. 그 음악은 우리에게, 우리가 죽으면 그 시체가 썩거나 태워져 사라지는 것 같아도, 사실은 잠시 집합되어 생명을 얻었던 원소가 태초의 형태로 돌아가 이 세상에 영원히 존재하게 된다고 말한다. 또 소멸은 순환의 한 과정이기에 허무한 것이 아니며 생은 언제나 새로운 형태로 계속된다고, 다만 눈에 보이지 않아 우리가 알지 못할 뿐이라고 말하는 듯하다.

죽음은 허무하지 않다. 죽음에서 느껴지는 허무는 오직 우리의 착각과 오해 속에서 생겨나, 우리를 혼란스럽게 할 뿐이다. 누군가의 죽음이 그와 우리를 갈라놓아도, 그의 영혼은 영원히 이곳에, 우리 주위에 있다. 그게 베토벤의 마지막 피아노 소나타가 남긴 전언이다.

베토벤이 임종을 맞던 순간에 관한 몇 가지 이야기가 전해져 내려온다. 출판업자가 보낸 와인을 마실 수 없어 "섭섭하다! 너무 늦었다!"고 외쳤다는 이야기는 유쾌하다. 그중 내가 가장 좋아하는 것은 병상에 누운 그가 이런 농담을 했다는 이야기다.

"Plaudite, amici. commedia finita est!(박수치게, 친구여. 희극은 끝났다네!)"

장례식 이후 한동안 어머니는 할아버지 이야기를 하기 힘들어하셨다. 지금은 가끔 할아버지 이야기를 해도 그때와 같은 깊은 슬픔은 많이 가신 것 같다. 주말 한낮에 나와 중대천의 물빛공원을 산책하다가, 이런 대화를 할 수 있을 정도가 되었다.

"엄마는 가끔, 할아버지 추어탕 한 그릇 더 사드릴걸, 그런 생각이 나."

"추어탕?"

"응. 할아버지가 추어탕을 좋아하셨는데 당뇨가 있으니 내가 못 먹게 했지. 그게 뭐라고. 한 그릇 더 사드릴걸."

어머니는 그 이야기를 하면서 눈물을 흘리거나 쓸쓸한 미소를 짓지 않으셨다. 골똘히 생각하며 천천히 산책로를 걸으실 뿐이었다. 이제 어머니에게는 그리움만 남은 것 같다.

슬픔은 안개와 같다. 시간이 지나면 어렴풋해지고, 언젠가는 거두어진다. 그곳에 그것이 있었다는 사실만 기억에 남는다. 그리고 그 잔상을 떠올리면 어떤 향기를 맡게 된다. 인간이 기억할 수 없는 순간까지 계속 그 곁을 맴돌 향기로. 내 옆에서 느린 걸음으로 걷는 어머니에게서는 그리움의 향기가 났다.

할아버지가 돌아가시고 몇 년 후, 어머니와 삼촌에게 교통사고가 한 번씩 있었다. 남매가 겪은 사고는 위험천만했는데도 몸에 큰 생채기가 남지 않았다. 어머니와 삼촌은 그 이야기를 할 때면 항상 같은 말을 반복하신다. "아버지가 도와주신 거야, 아버지가. 하늘에서……."

내가 죽음을 새롭게 받아들인 때가 계절이 새롭게 시작하는 봄이었던 것은 우연이 아니었으리라. 그것은 '운명'도 아니었으리라. 베토벤의 마지막 피아노 소나타가 증명하고 내 어머니와 삼촌의 몸에 남은 작은 생채기들이 증명하듯이, 영혼은 죽음 이후에도 이 우주 안에 존재한다. 늘 돌아오는 봄처

럼 계속된다. 그러므로, 아버지가 하늘에서 도와주셨
단 남매의 말은 영원히 일리가 있다.

루트비히 판 베토벤, 피아노 소나타 32번

L. V. Beethoven, Piano Sonata No. 32 in C minor, Op. 111

손민수(2020)

베토벤의 32번 소나타만은 반드시 베토벤 피아노 소나타 전곡을 연주해본, 그의 생애를 가로질러 본 피아니스트의 연주로 듣기를 추천한다. 앞에서 이야기했듯, 손민수는 2017년부터 2020년까지 사 년간 베토벤 피아노 소나타 전곡을 연주했다.

손민수의 연주는 신비롭게도 분명 음악을 듣고 있음에도 말소리가 들리고, 눈앞에 그 음악이 묘사하는 장면이 보인다. 그가 연주하는 베토벤 32번 소나타는 이에 더해 무게감이 거대한 작품을 이끌어가는 스태미나와 웅장한 소리의 깊이감 또한 경이롭다. 한 인간의 신체가 가진 힘과 연주자와 베토벤, 두 인간의 영혼이 피아노 건반에 완전히 실려있음을 알 수 있다. 특히 2악장에서는 한 음 한 음 선명하게 실린 신중함과 섬세함 그리고 확신에 찬 단호함이 느꺼진다. 듣는 이로 하여금 베토벤의 마지막 순간을 함께하며 그의 유언을 듣는 듯한 착각에 빠지게 한다.

첨부한 영상은 삼 년 전 봄, 나를 감동하게 했던 바로 그 연주다. 손민수는 2020년 소니 클래식에서 베토벤 피아노 소나타 전곡을 앨범 발매했다.

2부

사랑

첫사랑의
아지랑이

첫사랑이 떠오른 순간

쇼팽, 피아노 협주곡 2번

예이츠가 말했듯이, 사랑은 아무리 일찍 시작해도 이르지 않다.

내 첫사랑은 중학생 시절 나를 찾아왔다. 그 애는 뭐랄까, 천진했다. 말과 행동에 생각이 여지없이 드러났고 그것을 감추려는 시도조차 하지 않았다. 애초에 그리하는 방법도 모르는 것 같았고 딱히 그럴 의지도 없어 보였다. 그 애는 투명했다. 처음에는 그런 그 애가 희한하다고 생각했다. 아무 걱정 없이 자기 하고 싶은 말을 다 하는 그 애가 내 눈에는 참 무책임해 보였다.

그 애는 저와 반대인 내게 호기심을 가졌다. 즉흥적인 성격에 누구에게 무얼 해주기보다 받는 걸 좋아했던 그 애는 마치 내 동생처럼 덜렁거리는 여자애들에게 무언가를 일러주거나 도와주던 내게 종종 이렇게 물었다.

"그거 왜 네가 해주냐?"

설명하기도 귀찮고 말해봤자 못 알아들

을 게 뻔해서, 나는 이렇게 답하곤 했다.

"그냥."

그 애가 나를 좋아한다는 사실을 알기란 어렵지 않았다. 청소 당번인 날, 수업이 끝나고 칠판을 지우는 나를 그 애가 매번 빤히 보고 있다든지, 빤히 보는 정도가 아니라 완전히 활짝 웃는 얼굴이라든지, 그 애가 나를 볼 땐 다른 애들을 볼 때와는 눈빛이 다르다거나 하는, 십 대 중반에 이미 남자의 마음을 꿰뚫어 볼 수 있게 된 중학생 여자아이들의 다급한 제보 없이도 나는 그 애가 나를 좋아한다는 사실을 알고 있었다. 앞서 말한 대로 그 애는 제 생각이 말과 행동에 여지없이 드러나는 편이었으니까.

투명한 그 애가 좋았다. 그러나 그때의 나는 내게 첫사랑이 찾아왔다는 사실을 인정할 수 없었다. 사랑이라니? 그건 드라마에나 나오는 것, 인생 피곤하게 사는 어른들이나 하는 것이지 이성의 또래를 좀 좋게 생각하는 게 사랑일 리 없다. 저 애가 다른 남자아이들보다 내 마음에 들게 생겨서 자꾸 눈길이 가는 것뿐이다. 그렇게만 생각했다.

어른들의 복잡미묘한 감정만이 사랑인

줄 알았던 어린 나는 내가 하던 것이야말로 순수한 사랑인 줄 몰랐다. 그 애를 볼 때마다 가슴이 이상하게 답답하고 그 애 말에 동문서답하는 나를, 내 이마를 긴 손가락으로 꾹 누르거나 내 뺨을 살짝 만지는 손길에 머리털이 쭈뼛 서고 그 때문에 늦은 밤까지 뒤척이는 나를 못 본 체하는 쪽이 속 편했다. 그럼에도 그해 여름, 수돗가에서 세수를 하고 물기를 털어내던 그 애의 말간 얼굴은 달빛과 함께 새벽까지도 나를 찾아오곤 했다.

같은 여름의 장마철이었다. 변덕스러운 날씨는 우산을 가져가면 비구름을 숨겨두었다가 우산 없이 집을 나선 날에만 비를 퍼부었다. 그날도 그랬다. 또 우산을 가져오지 않은 나는 하교를 하려다 학교 중앙 건물 출입구 앞에서 비가 그치기를 기다리고 있었다.

그때 그 애가 등장했다. 대부분의 아이들이 집에 돌아가 텅 빈 학교에 그 애가 우산을 들고 나타난 것이다. 나는 이 소설 같은 상황에 벙찐 얼굴로 서 있었건만, 그 애는 평소와 다를 것 없이 씩 웃으며 내게 물었다.

"우산 없냐?"

학교에서 버스 정류장까지는 걸어서 십 분 거리였다. 십 분 동안 나와 그 애는 우산 하나를 같이 쓰고 걸었다. 우리의 대화는 보통 그 애의 말이나 행동으로 시작하곤 했는데 평소와 달리 그 애는 아무 말도 없었다.

길에는 사람이 없었다. 빗소리만 들렸다. 지나가는 차량들이 빗물에 바퀴를 요란하게 부딪치는 소리, 굵은 빗방울이 우리 머리 위의 우산을 쉴 새 없이 두드리는 소리, 발에 밟히는 보도블록과 그 옆의 잡초, 나무, 건물이 타닥타닥 젖어가는 소리가 그렇게 컸는데, 폭 일 미터도 안 되는 우산 아래의 공간은 마치 보이지 않는 막으로 세상과 분리된 것처럼 고요했다.

버스 정류장이 이렇게 멀었던가. 아니, 이렇게 가까웠던가. 토할 것 같았다. 비는 한 방울도 맞지 않았는데 감기에 걸린 것처럼 이마가 뜨거웠다. 버스 정류장에 도착할 때까지 우리는 아무 말도 하지 않았다. 그날, 그 애는 내 첫사랑이 되었다.

첫사랑의 아지랑이. 저 너머를 또렷하게

보지 못하게 만드는, 일렁이는 공기의 결. 별것 아닌 현실을 깨기 싫은 꿈처럼 만드는 몽환은 사는 동안 종종 찾아온다. 사랑에 대해 생각할 때면 어김없이 눈앞에 펼쳐진다. 그 순간은 멜로 영화를 보고 난 후일 수도 있고, 친구들과의 술자리에서 누가 제 연인과의 사이를 토로한 때이거나 그와 뒷모습이 비슷한 사람이 언뜻 나를 스쳐 지나간 늦은 밤일 수도 있다. 혹은, 음악일 수도 있다.

첫사랑에 빠진 시기에 자주 들었거나, 그 애와 같이 듣거나, 같이 있을 때 들렸던 음악이 있다면 자연스레 그 음악을 들을 때마다 그 애가 생각날 것이다. 그런데 의외로 내가 그 애를 떠올리는 곡은 그 시절 자주 들었던 베토벤의 피아노 소나타 14번 '월광'도 아니고, 그 애와 같이 들었던 다른 곡도 아니다.

나는 쇼팽의 피아노 협주곡 2번을 대학교 입학 후에 처음 들었다. 그리고 그때 자연스럽게 그 애를 떠올렸다. 그 정도로 이 곡에는 쇼팽에게 찾아온 첫사랑의 사연을 모르고 들어도 분명한, 첫사랑을 향한 쇼팽의 열망이 담겨 있다. 이 곡만큼 첫사랑의 감정을 섬세하고 정확하게 묘사한 곡은 없다.

이 곡을 쓸 때 쇼팽은 열아홉이었다. 신중하고 내향적이었던 쇼팽의 첫사랑 상대는 바르샤바 음악원 학생이었던 소프라노 콘스탄차 글라드코프스카였다. 쇼팽은 너무나 소심해서 자신의 이상형인 콘스탄차에게 말을 걸기는커녕 눈도 잘 마주치지 못했다고 한다. 그러다 용기를 내어 한 말이 "내가 너의 반주자가 되어도 될까?"였다.

이때의 쇼팽은 참 순수하다. 그가 이 곡을 쓸 당시에 친구인 보이체코프스키에게 썼다는 편지의 내용을 보아도 그렇다.

나는 내가 꿈꾸던 이상형을 찾았어. 그 사람을 진심으로 숭배하고 있어. 하지만 여태 한마디 말도 붙여보지 못했지. 알게 된 지 육 개월이나 되었는데 말이야. 협주곡의 느린 악장을 작곡하면서 그 사람을 떠올리고 있어.

이 편지에서 언급되는 '협주곡의 느린 악장'이 바로 피아노 협주곡 2번의 2악장이다. 당시 쇼팽은 빈에서의 연주회를 성공적으로 마친, 빈 음악계가 주목하는 떠오르는 스타 피아니스트였다. 피아니스트이자 작곡가로서의 입지를 단단히 굳히기 위해 쇼팽은 필히 피아노 협주곡을 작곡해야 했다. 놓쳐서는 안 될 기회였던 중요한 작품에 콘스탄차를 생각하며 쓴 악장을 넣었다는 사실은 그 정도로 콘스탄차의 존재가 쇼팽에게 유의미했음을 시사한다.

그래서인지 이 곡의 2악장은 부드럽게 사락거리며 반짝이는 멜로디가 담겨 있어 특별히 아름답다. 흔히 쇼팽 피아노 협주곡의 백미는 느린 악장이라고들 하는데, 기술적인 부분에 대한 설명이나 작품에 대한 전문적인 이해 없이 그저 듣기만 해도 그 이유를 납득할 수 있을 정도다.

2악장에는 세상에서 가장 아름다운 무언가를 처음 보았을 때나 쓸 수 있을 것 같은 선율이 흐른다. 자신의 감정이 들킬까 조마조마한 마음, 눈앞의 사랑하는 사람이 햇살을 받아 빛날 때를 목격한 순간, 마치 꿈결 같은 그 사람과 함께하는 모든 찰나가 잘 만든 영화의 한 시퀀스처럼 연속적으로 펼쳐진다.

이처럼 이 곡에는 첫사랑의 감정들이 살아 숨 쉰다. 스스로가 똑똑하고 기품 있다고 자부하던 사람조차 순식간에 천치로 만들어 버리는 강렬함. 그 열기 속에서도 찬란하게 빛나는 상대방의 아름다움. 그의 미소와 시선이 어디로 향하는지 알지 못해 찾아오는 아뜩함. 밤을 꼬박 새우게 하며 힘든 줄도 모르고 끝임없이 걷게 하는 소용돌이가 이 음악 안에서 요동친다.

그 열기와 아뜩함은 이 곡의 2악장 저변에만 자리한 것이 아니라 1악장과 3악장에도 번져 있다. 1악장과 3악장에서는 소심한 성격의 쇼팽이 가슴에 숨겨 놓은 불꽃같은 열정이 드러난다. 그리고 그 불꽃은 그가 이 곡을 작곡한 후에 쓴 피아노 협주곡 1번의 2악장으로 이어진다. 가끔 나는 두 작품의 2악장을 연달아 듣는다. 그러면 쇼팽이라는 한 인간의 진심으로 인해 시공간을 뛰어넘어, 첫사랑을 하던 때의 감정을 생생하게 느낄 수 있다.

첫사랑에만 존재하는 감정이 있다. 상대방을 있는 그대로 사랑하는 순수함이다. 그 감정에는 나이가 들수록 표정과 눈빛과 옷매무새에 스며드는 위선도, 이것이 사랑이 맞는지 착각하게 만드는 주변의 야합도 없다. 허투루 먹은 나이와 늘어버린 눈치, 요령 같은 것은 첫사랑 이후의 사랑들을 순수할 수 없도록 만든다. 물론 이는 놀랍지도 않고, 잘못된 것도 아니다. 이 세상의 진리를 모두 깨우친 현자나 석학도 피할 수 없다. 그것이 첫사랑의 이치니까. 이 이치는 순수했던 어린 날로 도피하고픈 욕구와 함께 설령 그 사랑이 끔찍한 고통이었다 하더라도 언제고 그리운 것으로 만들어 버린다. 아릿하고 아련한 피아노 협주곡의 느린 악장처럼.

2악장의 마지막 마디는 '점점 여리게, 사라지듯이' 연주하라는 지시에 따라 아쉽고 애틋한 감정을 담아 끝난다. 쇼팽은 이 곡의 초연으로 쏟아지는 극찬을 받은 후로도 콘스탄차에게 자신의 마음을 말하지 못했다. 그의 첫사랑의 결말이 꼭 이 음악과 같다는 사실은 쇼팽이 음악에 진솔한 자신을 담았고, 적어도 그 안에서는 솔직했다는 것을 증명한다.

쇼팽은 폴란드를 떠나기 전 고별 연주회를 열었다. 이 연주회에 출연한 콘스탄차는 연주회가 끝난 후 자신의 마음을 담아 붉은색 장미꽃 모양 리본을 쇼팽에게 선물했다. 그리고 이십 년 뒤, 사망한 쇼팽의 유품에서 그 리본이 발견되었다. 콘스탄차 역시 쇼팽과 주고받은 편지와 그의 초상화를 평생 간직

했다고 전해진다.

　　　　쇼팽은 이 곡으로 자신의 진심을 용감하게 전하는 대신 다른 여성인 포토카 백작 부인에게 작품을 헌정해 영영 그 마음을 숨기는 쪽을 택했다. 그는 "미안하다"는 말로 거절당하거나 "고맙다"는 말로 승낙되어 그 사랑의 끝을 맞이하기보다는 보통의 첫사랑이 그렇듯, 오래도록 그 사랑을 기억하고 싶었던 것 같다.

프레데리크 쇼팽, 피아노 협주곡 2번
F. Chopin, Piano Concerto No. 2 in F minor, Op. 21

유리 에고로프, 데이비드 진먼,
위르헤르트 심포니 오케스트라(1982, Etcetera)

첨부한 영상에서 에고로프는 처음 사랑에 눈뜬 소년의 돌발적이고 걷잡을 수 없는 감정을 정제 없이 표현한다. 이보 포고렐리치, 클라우디오 아바도, 시카고 심포니의 연주(1983, DG)는 아바도가 개성 강한 포고렐리치의 격정적인 음악을 억누르지 않고 심포니로 탄탄히 받쳐준 명연이다.

반면 익숙한 아름다움의 이미지를 연상시키는 연주로는 모니크 드 라 브루쇼르리, 요넬 페를레아, 콜롱 콘서트 협회 오케스트라의 우아한 녹음(1955, Vox)이 있다. 마우리치오 폴리니가 칼 멜스, 프랑크푸르트 라디오 심포니 오케스트라(1973)와 연주한 버전도 추천한다. 폴리니의 쇼팽은 맑고 투명한 소리와 섬세함 측면에서 쇼팽 연주의 교과서로 불린다.

2. 그 모든 아픔에도 불구하고

다시, 사랑

지금, 사랑하고 있나요?

리스트, 《사랑의 꿈》 3번

'아, 지쳤다고 슬퍼 마세요. 다른 사랑이

우리를 기다리고 있잖아요.

아니, 투덜대지 않는 시간을 지나며

사랑하세요.

우리 앞엔 영원의 세계가 펼쳐져 있죠.

우리 영혼들은 사랑,

그리고 이별의 연속인걸요.'*

왜 때로 어떤 사랑은 그토록 불가항력적
인 걸까. 무엇이 우리가 사랑을 포기하지 못하게 만
드는 걸까. 지난 사랑이 준 고통과 더불어, 두 번 다시
사랑에 빠지지 말아야 할 수많은 이유가 있음에도 불
구하고 말이다.

그것은 사랑의 대체제가 없기 때문이 아

* 윌리엄 버틀러 예이츠, 『예이츠 서정시 전집 제2권: 사랑』, 김
상무 옮김, 서울대학교출판문화원, 2014, 5쪽.

닐까. 정확히는, 우리가 사랑을 대체할 수 있는 감정은 없다고 믿기 때문이 아닐까. 삶의 경험이 쌓일수록 단단해지는 믿음은 우리가 계속 사랑을 찾아다니게끔 만든다. 평생 가슴을 묵직하게 누를 것 같던 이별의 아픔이 새로운 사랑 앞에서는 순식간에 먼 날의 추억이 되어버렸던 경험, 사랑 때문에 분무된 슬픔이 두 눈을 가리던 기억, 사랑과 함께라면 모든 계절이 흩날리는 벚꽃잎처럼 아름답게 느껴졌던 증험, 베이고 찢긴 마음에 새살이 돋게 하는 사랑의 효험, 인간으로 하여금 그 어떤 물리 법칙도 기꺼이 무시하도록 만드는 사랑의 초자연성이 우리를 그 모든 아픔에도 불구하고 다시, 사랑에 빠트리는 것 같다.

이처럼 사랑은 다양한 형태로 상대와 내 삶의 빛깔을 바꾼다. 그렇게 아름답던 사랑이 끝나는 과정은 결코 아름다울 수 없다는 것이 사랑의 모순이다. 또 사랑은 자발적이든 비자발적이든 언젠가 끝이 난다. 사랑이 남긴 흔적은 영원할 수 있어도, 사랑은 영원할 수 없다.

사랑이 바다에 잠기는 일이라면 이별은 폭풍에 휩싸이는 일이다. 매서운 폭풍은 나의 마음속 공간을 처참하게 조각낸다. 얼마나 오래 황량한 들판에 홀로 서 있는 것 같은 마음으로 살아가야 할지 알 수도 없다. 차라리 흰 눈이 펑펑 내려 상처를 덮어버리면 포근해질 줄 알았는데, 포근하기는커녕 차갑기만 한 마음의 겨울은 끝나지 않을 것만 같다.

많은 음악가가 사랑의 심연 아래에서 곡을 쓰며 이러한 사랑의 진리를 음악에 담아보고자 무던히도 애를 썼다. 아마 그중 가장 자주 언급되는 '사랑의 음악'은 슈만의 〈헌정〉일 것이다.

〈헌정〉은 26개의 가곡으로 구성된 슈만의 연가곡*집 《미르테의 꽃》의 첫 번째 곡이다. 괴테, 바이런, 하이네 등의 시에 곡을 붙이고 순결을 상징하는 '미르테'를 제목으로 삼은 《미르테의 꽃》은 슈만이 연인인 클라라 비크에게 결혼 선물로 헌정한 작품이다. 이런 사연을 가지고 있는 〈헌정〉은 정열적이고 용감한 선율과 가사가 인상적이며, 슈만이 쓴 가곡으로 널리 불리고 리스트가 편곡한 피아노 버전으

---

* 가곡의 한 양식. 주제가 같거나 내용이 연결된 시에 곡을 붙이고 엮은 가곡 작품을 말한다. 슈만의 또다른 작품집 《시인의 사랑》도 대표적인 연가곡 작품이다.

로도 자주 연주된다.

그러나 앞서 이야기한 사랑의 연속성을 음악으로 말하기에 이 곡은 너무 감격과 환희에만 차 있다. 그래서 슈만의 곡보다는 리스트의 자전적인 곡인 《사랑의 꿈》 3번이 사랑의 연속성을 말하기에는 더 어울린다고 생각한다. 이 곡에는 절절한 (그리고 왜곡된) 사연으로 유명한 슈만의 곡에는 없는 사랑의 진리가 있다. 수두룩한 염문으로 이름을 날렸던 리스트만이 깨달을 수 있었던, 사랑과 이별은 반복되며 계속된다는 진리가 담겨 있다.

리스트는 당대 최고의 인기 피아니스트이자 작곡가였다. 그 때문에 '리스토마니아Lisztomania'라는 신조어가 생겼을 정도로 인기가 어마어마했다. 그는 연주와 작곡 실력이 뛰어났고 수려한 외모와 큰 키, 외향적인 성격과 다정한 성정, 파격적인 행보를 망설이지 않는 진취성과 스타 기질까지 모든 것을 가지고 있었다. 슈만은 그의 음악 평론에서 리스트의 외모를 가리켜 "어느 화가라도 그리스 신의 모델로 삼을 것"이라고 표현하기도 했다.

더불어 리스트는 음악뿐만 아니라 문학,

미술, 철학에도 조예가 깊었으니, 뭇 여성들이 그에게 열광한 것은 당연한 일이다. 그의 연주회에서 광기 어린 환호를 하던 여성 팬들이 결국 실신해 실려나갔다는 일화와 리스트의 쉼 없는 사랑 이야기는 아주 유명하다. 그랬던 그는 정작 말년에는 성직자가 되어 조용히 살았다.

　　　젊은 시절 리스트가 만난 대부분의 여성은 그저 스쳐간 사이였다. 그렇기에 그들을 모두 리스트의 '사랑'이라고 하기는 어렵다. 리스트의 진정한 사랑으로는 보통 마리 다구 백작 부인과 카롤리네 폰 자인 비트겐슈타인 공작 부인, 이 두 명이 언급된다.

　　　빅토르 위고, 하인리히 하이네 등의 예술가들이 드나들던 살롱의 주인이자 작가였던 마리는 리스트의 뮤즈였다. 리스트 음악 예술의 결정체라 불리는 대작 《순례의 해》 1권 '스위스'가 마리와 함께한 여행에서 받은 영감으로 탄생했을 정도다. 그리고 생계와 영예를 위해 피아노 순회 연주를 계속하던 리스트가 바이마르 궁정의 궁정음악가로 정착해 작곡에 몰두할 수 있었던 것은 그를 곁에서 보듬은 카롤리네 덕분이었다.

　　　리스트는 평생을 함께할 줄 알았던 마리

와 이별한 후 새로운 사랑 카롤리네를 만난 시기에 가곡 《테너 또는 소프라노를 위한 3개의 노래》를 썼다. 3개의 노래는 모두 독일 시인의 시에 곡을 붙인 것으로, 1번과 2번의 원시는 루트비히 울란트의 「고귀한 사랑」과 「가장 행복한 죽음」이다. 그리고 3번의 원시는 페르디난트 프라일리그라트의 「사랑할 수 있는 한 사랑하라」이다.

> 오 사랑하라, 그대가 사랑할 수 있는 한
> 오 사랑하라, 그대가 사랑하고 싶은 한
> 시간이 오리라, 시간이 오리라
> 그대가 무덤가에 서서 슬퍼할 시간이
> 애써라, 그대의 마음이 타오르도록
> 사랑을 품도록, 사랑을 간직하도록[*]

삼 년 후, 리스트는 이 3개의 가곡을 피

---

[*] 페르디난트 프라일리그라트, 「사랑할 수 있는 한 사랑하라」 중에서. 이 시가 수록된 시집명과 원제는 다음과 같다. 『Ferdinand Freiligrath's Sämmtliche Werke』, 「O lieb, so lang du lieben kannst!」(1858).

아노곡으로 편곡해 《사랑의 꿈: 3개의 녹턴》이라는 제목을 붙인다. 그중 세 번째 곡이 〈사랑의 꿈〉, 혹은 〈사랑의 꿈 3번〉으로 불린다. 이 아름답고 감미로운 피아노곡에는 가장 열렬했던 사랑을 끝내고 방황하다 새로운 사랑을 하게 된 리스트가 체득한 사랑의 진리가 담겨 있다. 잔잔한 설렘에서 시작해 격정의 정점을 찍고 나면, 부서지는 빛과 같은 여운을 남겼다가 언젠가 다시 사랑을 시작하게 되는, 사랑의 원형이 있다.

　　　이 곡은 끝난 후 그대로 처음부터 다시 시작해도 전혀 이상하지 않다. 아무리 많이 들어도 질리지 않는다. 사랑을 여러 번 해본 사람이라면 이 말을 이해할 수 있을 것이다. 물론 여러 번 사랑해보지 않았더라도 약간의 상상력과 수용성만 있으면 충분히 이해 가능하다. 인생을 몇 차례 살아보지 않아도 삶의 대부분은 비슷하게 반복되고, 그럼에도 조금씩 새롭다는 것을 모두 알고 있듯이. 예측할 수 없는 '조금'에 대한 기대와 그것이 가져다주는 기쁨으로 반복의 지난함을 감내하고 유한한 삶의 일부를 기꺼이 소비하듯이 말이다.

〈사랑의 꿈〉의 도입 부분 저음부에서 묵직하게 울리는 종소리는 심장이 낮게 뛰는 소리 같다. 그 위에서 심장을 간질이듯 펼쳐지는 아르페지오는 발간 뺨 같은 빛의 봄바람에 흩날리는 꽃잎 같다. 이때 리스트는 악보에 '조금씩, 점점 크고 급하게' '부드럽게 노래하듯이' '페달을 계속 사용하면서'라고 적었다. 영원할 것 같은 울림을 이어 나가며 그는 사랑을 수채화처럼 그린다.

중반부에서 사랑은 한가득 꽃핀다. 무게감 있던 낮은 종소리는 고음부로 이동하면서 점점 더 생기를 띤다. 한 손에서만 펼쳐지던 아르페지오는 두 손이 함께 움직이면서 점점 더 빨라지고, 곧 열정적인 화음이 찾아온다. 리스트는 악보에 매번 화음을 '항상 더 특별히 강하게' 연주하라고 적었다. 함께 어우러지는 음들은 곱던 물결이 파도로 변할 때까지 타격한다. 꼭 무엇에게 쫓기기라도 하는 양 서두르며 달려 나가던 파도는 가파른 절벽에 부딪히며 절정을 맞이한다.

이제 원래대로 돌아가야 한다. 사랑에는 반드시 이별이 따르므로, 원래의 자리로 돌아가듯이 음악은 점점 사그러든다. 우아하게 희미해진다. 하지만 정말로 사라지는 것은 아니다. 물이 모여 생겨난 파도는 물방울이 되어 다시 물속으로, 제자리로 간다.

〈사랑의 꿈〉 종결부에서 음악은 처음의 빠르기로 되돌아간다. 처음과 같은 선율로 다시 시작한다. 서서히, 조금씩 속도를 늦추며 소리를 줄인다. 마지막 연주는 아주 여리게, 점점 더 느리게 긴 여운을 남기며 끝맺는다. 연인이었던 서로가 타인이었던 때로 돌아가듯이.

이 음악의 끝에는 깊은 소리의 여운이 남는다. 언젠가 또다시 새로운 사랑이 찾아올 것이라 예고하는, 그 여운의 자리에는 언제나 은은한 봄바람이 새 사랑을 기다리고 있다.

프란츠 리스트, 《사랑의 꿈》 중 3번, '사랑의 꿈'
F. Liszt, 《Liebesträume》 S. 541 - No. 3 in A flat major, 'Liebesträume'

아르투르 루빈스타인(1950, RCA)

루빈스타인의 〈사랑의 꿈〉은 매혹적이다. 첫 음부터 가득한 감정은 소리와 소리 사이에마저 실려 청자를 음악에 몰입하게 만든다. 가장 격정적인 화음이 등장하는 중반부의 정점과 종결부의 마지막이 특히 그렇다. 동시에 감정을 서둘러 격화시키지 않으며 완벽히 적절한 타이밍에 고조시킨다.

루빈스타인의 연주가 풍경화라면 호르헤 볼레트의 녹음(1983, Decca)은 프레스코화다. 음의 잔상이 루빈스타인보다 짙은데도 강조되는 소리들은 더 선명하고, 전체적으로 엄숙해서 성당에서 듣는 것 같은 느낌을 준다. 노년의 클라우디오 아라우의 녹음도 명연으로 꼽히지만, 나는 그가 젊었을 때 한 영화에 출연해 연주한 버전을 좋아한다. 그는 멕시코 영화 〈Dreams of Love〉(1935)에서 리스트 역을 맡아 열연한 바 있는데, 〈사랑의 꿈〉을 연주하는 장면에서 젊은 리스트의 펄떡거리는 정력과 대단히 과시적이고 유혹적인 면모를 어찌나 가감 없이 표현했는지 보고 있으면 웃음이 난다. 젊은 리스트는 분명 이 곡을 모든 여성 앞에서 그렇게 연주했을 것이다.

3. 억만금을 주어도

바꿀 수 없는 사랑이 있다면

부모의 마음을 '사랑'이라고 할 수 있을까

드보르자크, 〈어머니가 가르쳐주신 노래〉

어머니에게서는 늘 같은 향기가 난다.

맑은 하늘 아래, 선선한 바람이 기분 좋게 분다. 봄은 바람도 분홍빛이다. 작고 예쁜 들꽃이 모처럼 공원의 둘레길에 만개했다. 향도 연한 꽃의 물결 사이를 천천히 걸어가며 곱게 흔들리는 꽃잎을 손으로 쓸어보니 어머니 생각이 난다. 이런 곳에 오면 늘 어머니 생각을 한다. 이렇게 아름다운 생명들이 있는 곳에서는 한참 그 자리에 서서 그것들을 가만 바라보며, 그보다 더 아름다운 어머니의 고운 눈을 떠올린다.

같은 무늬 잠옷을 입은 채 얇은 솜이불을 덮고 동생과 나란히 누워 어머니의 자장가를 기다리던 어느 봄밤, 우리 자매의 이마를 천천히 쓸어주시던 젊은 어머니의 향기는 그때도 지금처럼 꽃과 같이 향긋했다.

두 살 터울의 여동생은 밤이면 베개에 머

리만 대면 잠들었지만 나는 아니었다. 그럴 때면 어머니는 내 곁에 모로 누우시어 집안일과 바깥일로 인해 상한 손으로 나를 따뜻이 토닥여 주셨다. 고운 목소리로 노래를 불러 나를 재우셨다. 어머니는 일이 많아 지친 날일지라도, 〈섬집아기〉와 〈자장가〉를 부르시며 내가 잠들 때까지 곁을 떠나지 않으셨다. 나는 어머니가 깊은 사랑을 표현하는 방법이었던 머무름의 의미를 너무 늦게 알아버렸다.

어머니의 향기와 다르게 아버지의 뒷모습은 많이 달라졌다. 아버지의 뒷모습도 늘 같다면 얼마나 좋을까.

내가 여덟 살이었을 때, 아버지는 내 손을 잡고 매일 아침 학교까지 함께 걸어가주셨다. 아버지와 걸었던 풍생고 앞, 노란 개나리가 활짝 핀 낮은 언덕길의 추억은 아직도 내 머릿속에 필름처럼 남아 있다. 사계절 내내 나를 바래다주시고 돌아서시는 아버지의 뒷모습은 마치 태산 같았다.

아버지는 나의 세상에서 가장 강한 사람이었다. 우뚝 선 높고 거대한 산처럼 젊은 아버지는 참 늠름하셨다. 산속의 풀숲을 뛰노는 토끼 같은 우리

두 자매와 매일 아침 연못을 오가는 부지런한 사슴 같은 어머니를 지키던 아버지, 나는 그런 아버지가 평생토록 강하실 줄만 알았다.

이제는 가끔 저녁을 같이 먹고, 나를 내 집까지 바래다주시고 돌아서는 아버지의 뒷모습을 보며 예전과는 달라진 아버지를 받아들이게 되었다. 세월의 무게로 자연스럽게 내려앉은 어깨 끝은 백두산이 아니라 여덟 살의 내가 아버지와 함께 걸었던 작고 따스한 언덕길이 되었다. 하지만 나를 향한 아버지의 사랑은 지금도 변함이 없다. 서른이 넘은 나를 여전히 "우리 꼬맹이"라고 부르시며 웃는 아버지의 미소를 볼 때마다 그 사랑을 느낀다.

억만금을 주어도 바꿀 수 없는 단 하나의 사랑이 있다면 그것은 자식을 향한 부모의 사랑일 것이다. 부모의 사랑에는 이 세상에 존재하는 다른 사랑과 비교할 수 없는 특별함이 있다. 그리고 그 특별함은 부모의 사랑만이 가지는 초월성에 있다.

며칠 전, 성수에서 일을 마치고 집으로 돌아가는 길이었다. 강변북로 쪽으로 내려가는 길목에 성수대교 붕괴사고 희생자 위령탑이 있다는 안내문이 보였다. 그 근처에 아무 장식 없이 글씨만 쓰인 현수막이 하나 걸려 있었다.

엄마 아빠는 아직도 기억하고
여전히 사랑해

그 사고는 1994년에 일어났다.
이처럼 부모의 사랑은 시간에 비례하지 않는다. 자식을 눈에 넣어도 아프지 않다는, 자식 대신 죽을 수도 있다는 마음은 품은 시간이 짧다고 얕은 것도 아니고 길다고 해서 깊은 것도 아니다. 그러니 시간에 따른 감정의 법칙도, 망각이라는 신체의 질서도, 고통이나 보상의 절대적 영향력도 모두 초월하는 부모의 사랑은 세상의 어느 사랑보다 특별할 수밖에 없다.

자식은 아무리 자기 부모를 사랑한들 자신을 향한 부모의 사랑만큼 제 부모를 사랑할 수는 없는 것 같다. 가끔은 나도 모르게 그 사랑을 당연히 여기기도 한다. 잊지 않으려 해도 잊는다. 부모가 되어야 부모 마음을 안다고들 하지만, 나는 설령 부모가 된다 해도 부모님의 사랑을 영영 다 헤아릴 수 없을 것이다.

그래서 만약 언젠가 내가 다시 인간으로 태어난다면, 나는 꼭 내 부모의 부모로 태어나 모든 것을 다 해주고 싶다는 생각을 늘 한다. 열아홉의 어머니를 대학교에 보내주고, 열여섯의 아버지를 고등학교에 보내주고 싶다. 자식은 헤아릴 수 없는 부모만의 사랑을 한껏 주고 싶다.

사랑이라는 표현을 계속 쓰고 있지만, 사실 그 마음을 사랑이라는 단어에 다 담을 수는 없다. 어느 날, 아버지가 내게 그러셨다.

"자식을 향한 부모의 마음은 사랑이란 말로는 표현할 수 없는 거야. 그건 사랑이라는 단어 하나에 다 담을 수 없는 마음인 거야."

이 말을 들은 뒤로 나는 '부모의 사랑'이란 말은 잘못된 말이라고 줄곧 생각해 왔다.

말로 표현할 수 없는 무수한 마음을 음악으로 표현한 곡은 많지만, 자식을 향한 부모의 마음을 절절하게 느낄 수 있는 연주는 드물다. 그런 곡이라면 드보르자크의 〈어머니가 가르쳐주신 노래〉를 첫손으로 꼽을 수 있다.

드보르자크는 체코 프라하 태생의 작곡가다. 국내에서 모차르트나 베토벤만큼의 인지도는 없지만 음악은 꽤 알려져 있다. 피아노 소품집《유모레스크》7번의 도입부나 교향곡 9번 '신세계로부터'의 4악장은 클래식 음악을 전혀 모르는 사람이더라도 들으면 곧장 고개를 끄덕일 만큼 유명하다.

조국 폴란드를 평생 잊지 않고 사랑했던 쇼팽처럼, 드보르자크 또한 애국자였다. 고향인 체코를 향한 사랑이 깊었던 그는 체코를 포함해 동유럽 여러 국가의 전통음악 어법을 반영한 명작들을 남겼다. 1880년 발표한 가곡집《집시의 노래》도 그중 하나다. 가곡을 많이 남긴 드보르자크의 작품 중에서도 특히 이 가곡집은 부모의 사랑을 말하는 데 불가결하다. 이 작품에는 자식을 먼저 떠나보낸 아버지의 심경이 어떠한 가공도 없이 그대로 드러나기 때문이다. 드보르자크는 세 아이를 모두 일찍 잃었다.

젊은 시절의 드보르자크는 가난했다. 작곡가로 인정받지 못하던 시기, 그는 배우자와 아이들과 임대주택에서 살았다. 오케스트라에서 비올라를 연주하고 틈틈이 피아노 레슨까지 하면서 간신히 가정을 부양했다. 이후 오르가니스트로 취직을 하기도 했지만, 형편은 별반 달라지지 않았다.

그러다 34세이던 1875년에 오스트리아 정부로부터 장학금 수혜자로 선정되었다(당시 장학금의 심사위원이었던 브람스는 이전부터 드보르자크의 재능을 알아보고 그에게 큰 도움을 주고 있었다). 이제야 작곡가로서 날개를 펼 시간이 도래한 것이다. 하지만 가족들과 풍족한 삶을 살아갈 희망을 얻은 그에게 성공의 기쁨보다 먼저 찾아온 것은 세 아이의 잇따른 죽음이었다.

첫째 딸이 먼저 갑작스레 병으로 사망했다. 일 년 반 후에는 둘째 딸과 셋째 아들까지 연이어 죽고 말았다. 사랑하는 아이들의 죽음에 상심하며 쓰러지기까지 했던 드보르자크 부부의 고통을 세상 무엇에 비할 수 있을까. 독실한 가톨릭 신자였던 드보르자크는 첫째 딸의 사망 후《슬픔의 성모》를 작곡하며 슬픔을 이겨내려 했으나 이어 닥친 둘째, 셋째 아이의 죽음은 그런 노력으로도 차마 견디기 힘든 일이었다.

하루하루를 고통 속에서 살아가던 드보르자크는 우연히 체코 시인 아돌프 헤이두크의 시를 접하게 되었다. 헤이두크의 시에 크게 감명받은 그는 그 시에 곡을 붙여 《집시의 노래》라는 작품을 만들었다. 그중 네 번째 곡인 〈어머니가 가르쳐주신 노래〉의 가사를 보면, 세 아이를 모두 잃고 절망하던 드보르자크가 왜 이 시에 깊이 감동하고, 음악으로 남기고자 결심했는지 알 수 있다.

사라진 먼 날들 속에서
어머니가 가르쳐주신 노래
그때 어머니 눈가에는
눈물이 마르지 않았었네

이제 내 아이들에게
그 노래 가르치려니
소중한 기억 속에서
눈물만 흘러내리네

어머니에게 배운 노래를 가르쳐줄 아이들은 이제 세상에 없지만, 드보르자크는 이 음악을 통해 그의 마음속에 살아 있는 아이들에게 노래를 불러주고 싶었던 것은 아닐까.

드보르자크의 성품은 상냥하고 다정하

며, 따뜻했다고 전해진다. 거장으로 빠르게 도약한 드보르자크는 훗날 거액의 연봉을 받고 뉴욕 국립음악원 음악원장으로 부임하게 되었다. 당시에는 인종차별이 극심했음에도 불구하고 그는 모든 미국인, 그러니까 흑인과 원주민 혈통 학생들을 포함한 모두에게 입학을 개방했다. 그들에게 미국 전통음악을 배우기도 했다. 그 경험은 그의 후기 대작인 교향곡 9번 '신세계로부터', 대표작인 현악사중주 12번 '아메리카' 등에 반영되었다.

　　　이처럼 걸작으로 불리는 대규모 작품도 여럿 남긴 드보르자크의 초기 작품인 〈어머니가 가르쳐주신 노래〉에는, 작품에 스며든 뼈저린 슬픔에도 불구하고 부담 없이 흐르는 목가적 선율 아래 그의 차분하고 인자한 성정이 드러난다. 이 가곡집은 당대 유행했던, 연인 간 사랑과 이별을 노래하는 낭만적인 가곡집이 아니다. 자식을 먼저 떠나보낸 부모의 슬픔과 고통, 죽음으로도 단절되지 않는 영원한 마음이 담긴 기록이다. 음악이란 가슴 속에 세 아이를 묻은 드보르자크는 이후 세상에 태어난 여섯 아이에게 세 아이에게는 차마 주지 못한 사랑을 평생 가득 주며 살았다.

몇 달 전, 가족에 관한 에세이를 쓸 일이 있었다. 그때 이 곡을 듣다 어머니와 아버지가 떠올라 시를 썼었다. 지금 생각해 보니 그날 밤 내가 써 내려간 것은 시가 아니라 모자란 사랑이었던 것 같다.

안토닌 드보르자크, 《집시의 노래》 중
〈어머니가 가르쳐주신 노래〉
A. Dvořák, 《Zigeunermelodien》, Op. 55, B. 104 - No. 4 〈Als die
alte Mutter〉

파블로 카살스, 블라스 넷 연주(1929, NAXOS)

이 곡은 가곡이지만 작품의 아름다운 서정성으로 큰 인기를 얻어 여러 악기를 위한 버전으로 다양하게 편곡되었다. 나는 첼로와 피아노를 위한 버전을 가장 자주 듣는데, 이 버전이 이 음악을 가장 진실하게 느낄 수 있다고 여긴다. 그중에서도 파블로 카살스의 연주는 아이들을 떠나보낸 후 슬픔에 젖었지만, 여전히 그들을 가슴 깊이 사랑하고 있던 때의 드보르자크를 현시대로 불러온다. 그 심정을 재현하는 카살스의 연주는 특히 드보르자크의 성품처럼 담담하고 차분한 동시에 뚜렷한 비브라토(음을 진동시키는 연주기법)가 살아 있다. 그 소리는 다른 어떤 기교 가득한 떨림보다 듣는 이를 감동하게 한다.

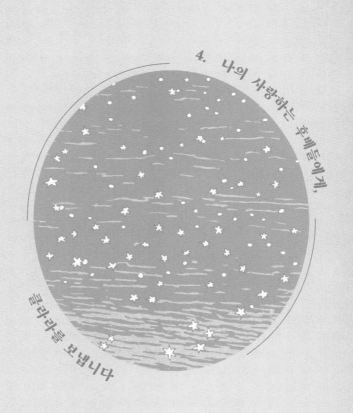

4. 나의 사랑하는 후배들에게,
클라라를 보냅니다

총명하고 아름다운 여성의 음악

클라라 비크 슈만, 피아노 협주곡

직장 생활을 하다 보면 멋지고 아름다운 여성들을 만날 수 있다. 나는 운이 좋게도 그런 여성들과 돈독한 선후배 관계를 쌓는 호사를 누렸다. 그들의 멋과 아름다움은 외모에 한정되지 않는다. 그 멋지고 아름다운 내면, 그리고 그 내면이 투영된 맑은 물방울 같은 눈빛들은 언제나 영롱한 빛을 낸다.

나는 필리아적 사랑은 오로지 동성 간에만 가능하다고 늘 생각해 왔다. 또 나는 집안의 장녀이고, 두 살 터울의 여동생이 있다. 그래서 어디를 가든 나보다 나이 어린 여성을 보면 곧장 동생을 떠올리곤 한다. 나와 두터운 사이가 된 여러 후배가 모두 여성인 것은 결코 우연이 아니다.

내가 클래식 음악 담당 기자로 일했던 『올댓아트』는 문화예술을 전문으로 다루는 매거진이다. 그곳에서 문화 분야 기자로 만난 우리는 각자 사랑하는 예술이 있었다. 영상을 만들고 시를 쓰는 H, 미술과 야구에 열렬한 M, 한국무용을 사랑하는 B, 뮤지컬을 사랑하는 K 그리고 클래식 음악을 사랑하는 나.

우리는 함께 일하는 동안 다양한 예술 취향을 공유하며 서로에게서 많은 것을 배웠다. 내가 어느 소프라노의 앨범 발매 기념 기자간담회에 참석했다가 사무실로 복귀해 그가 얼마나 멋지고 대단했는지 한바탕 감탄사를 늘어놓으면, 어느 후배는 그의 노래를 찾아 들었다. 또 다른 후배는 그 소프라노처럼 뮤지컬계에서 카리스마 있는 배우로 유명한 여성 배우를 알려주었다. 그 소프라노의 다른 인터뷰 기사를 찾아 읽고 내가 미처 몰랐던 이야기를 들려주는 후배도 있었다. 이렇게 늘 활발하게 이야기했기에, 우리의 일터는 항상 활기찼다.

우리는 함께 공연을 보고, 인터뷰를 가고, 촬영을 하고, 기사를 쓰고, 영상을 만들면서 영화 〈델마와 루이스〉와 〈에놀라 홈즈〉를 좋아하는 공통된 취향과 가치관을 공유했다. 그뿐만 아니라 꿈을 이루기 위해 노력하는 한 명의 여성으로서, 한 팀의 기자들로서 서울 곳곳을 누비며 추억과 가치 있는 경험을 함께 쌓는 동지가 되었다.

이토록 멋진 나의 후배들에게 내 사랑을 전하기 위해 단 하나의 곡을 선택해야 한다면, 클라라 슈만의 피아노 협주곡을 고를 것이다. 로베르트 슈만의 배우자이기 전에, 슈만의 제자였던 브람스가 오래도록 사랑한 상대이기 전에 클라라 조세핀 비크 슈만은 대단한 실력을 가진 피아니스트이자 작곡가였다. 그는 나뿐만 아니라 클래식 음악을 사랑하는 많은 여성, 특히 여러 여성 피아니스트가 사랑하고 존경하는 음악가다. 그래서 오늘날 '슈만'이 당연하단 듯 로베르트 슈만을 지칭하게 되어버린 것이 상당히 아쉽다. 로베르트의 건초염 부상을 차치하더라도, 클라라는 처음부터 그보다 훨씬 뛰어난 피아니스트였다. 결혼할 당시 로베르트는 실력에서도 유명세에서도 감히 클라라에게 비할 바가 못 되었다.

클라라는 명실상부 유럽 음악계가 인정하는 음악가였다. 일찌감치 음악적 재능을 보인 그는 10세 때 콘서트 피아니스트로 데뷔해 일 년 뒤부터는 유럽 투어를 다니기 시작했다. 클라라의 연주회에 참석한 쇼팽이 클라라의 연주에 감동해 당시 절친하게 지냈던 리스트에게 그를 극찬하는 편지를 보낸 일도 있었다. '악마의 바이올리니스트'라는 별칭으로 유명한 당대 최고 화제의 바이올리니스트 니콜로 파가니니와 협연을 하기도 했다.

클라라의 재능과 실력은 피아노 연주에만 국한되지 않았다. 그는 작곡에서도 두각을 드러냈는데, 어린 나이에 쓴 작품이 당대 유럽 음악계에 명성이 자자했던 펠릭스 멘델스존의 지휘와 클라라 자신의 협연으로 초연되기도 했다. 그 곡이 바로 이 피아노 협주곡이다. 쇼팽과 멘델스존의 작품을 닮았다는 평을 받긴 했지만, 이 작품을 완성했을 때 클라라의 나이는 불과 16세였다.

음악계에는 "연주를 들으면 그 연주가의 성격을 알 수 있다"는 말이 있다. 부드러워 보이는 인상이지만 연주에서는 은근히 가시 돋친 듯한 까칠함이 느껴지는 이가 있는가 하면, 언제나 말수 없고 수줍은 태도로 타인을 대하는데 연주에서는 활활 타는 열정이 느껴지는 이도 있다. 예술가라면 작품 앞에서 자신을 다 꺼내야 하므로 자신의 내면을 숨길 수 없는 것이다.

같은 이유로 작곡가는 쓴 작품을 보면 성격이 보인다. 클라라의 피아노 협주곡을 들으면 그가 얼마나 강인하고, 지성과 영웅적 기상을 가진 인물이었는지 알 수 있다. 작품 속 피아노 사운드는 곧 클라라라는 한 여성이 가진 자아의 핵심이며, 오케스트라 사운드는 그 자아로부터 파생되는 말과 행동, 감정들이다.

　　　이 곡 1악장의 도입부부터 오케스트라는 웅장하고 힘이 넘치면서도 우아하다. 바로 등장하는 피아노 솔로 역시 힘 있는 옥타브_{octave}* 연타를 시작으로 강건한 면모를 전면에 내세운다. 이어지는 피아노 소리는 차분하고 기품이 넘치는 가운데 클라라의 뛰어난 기술력이 화려하게 펼쳐진다. 2악장에서는 그가 가진 부드러운 카리스마, 단단하고 깊은 지성미가 사 분가량 담백하고 고아한 선율 위에 구현된다. 마침내 도달한 3악장의 피날레는 이 곡의 핵심이다. 클라라가 얼마나 원대한 꿈을 품은 여성이었는지와 반

---

* 　도-도, 레-레와 같이 7개 음 차이가 나는 두 음을 동시에 연주하는 것. 두 개의 음은 각각 엄지와 새끼손가락으로 동시에 타건하게 되는데, 이 곡과 같이 옥타브를 연타하는 구간이 많은 작품은 음의 강도를 일정하게 유지하는 테크닉과 함께 손가락과 손목의 유연함은 물론 지치지 않는 팔의 힘(정확히는 전신의 힘)도 필요하다.

드시 그 꿈을 이루겠다는 그의 굳건한 의지가 마지막 네 마디 안에 들어있다.

　클라라가 활동하던 시기만 해도 여성 콘서트 피아니스트는 극소수였다. 만약 음악가로서 클라라의 경력이 로베르트와의 결혼으로 인해 축소되지 않았더라면, 여성인 클라라에게 남성인 로베르트와 동등한 기회가 주어졌더라면, 그는 분명 후대에 위대한 피아니스트 클라라 비크로서 '불멸의 작곡가' 로베르트 슈만보다 더 널리 이름을 알렸을 것이다.

　로베르트는 재능 있는 젊은 음악가들을 헌신적으로 지지했다. 반면, 집에서는 권위적으로 굴었다. 로베르트는 결혼 직후 가장 왕성한 창작 활동을 했으나, 정작 연습이 생명인 피아니스트 클라라에게는 자신이 일하는 동안 연습을 하지 못하도록 막았다. 클라라는 그런 남편의 요구를 따르느라 팔 남매를 '독박 육아'하고 '독박 집안일'까지 해야 했다. 그런 와중에도 틈틈이 피아노를 연습하고 작곡하며 음악을 놓지 않았지만, 안타깝게도 작곡 활동은 결혼 십오 년 차에 로베르트가 정신이상 증세로 자살을 시도한 후 멈추고 말았다.

그러나 연주만큼은 멈추지 않았다. 클라라에게 삶은 곧 피아노를 연주하는 것이었다. 그는 평생 약 1,300회의 연주회를 열었고, 죽기 오 년 전까지 유럽 각지, 심지어 미국에서도 무대에 올랐다. 글씨를 쓰지도 못할 정도로 극심했던 오른팔의 신경통 문제로 이 년간 연주를 쉰 후에도 복귀 연주회를 열어 큰 성공을 거두었다. 그다음 해에는 콘서바토리(음악학교)에 교수로 부임해 교육과 연주 활동을 병행하면서 십오 년 가까이 제자들을 길러냈다. 클라라는 이토록 위대한 피아니스트였다.

그런 그의 피아노 협주곡이 꿈을 가진 도전적인 여성들의 마음을 자극하는 이유는 작품에 묻어나는, 시련과 고난에 굴복하지 않고 뜻한 바를 이루는 진정으로 강인한 여성성 때문이다. 나는 사랑하는 후배들에게 내가 늘 이 음악과 같은 마음으로 그들의 아름다운 눈동자를 생각한다고 말하고 싶다.

내 생각에 진정으로 '좋은' 선후배 관계란, 막막한 현실을 뚫으며 살아가다 마주쳤을 때 잊고 살던 서로의 아름다운 모습들을 깨닫게 해주는 사이다. 사랑하는 후배들은 내가 그들에게 알려주는 것보다 더 많이, 더 자주 잊고 살던 나의 아름다움을 깨닫게 해준다. 그런 순간은 예기치 못하게 찾아오곤 한다.

며칠 전, 거실의 가구 위치를 바꾼 날이었다. 서랍을 정리하려 열었다가 H의 편지를 발견했다. H가 내게 편지를 써준 것은 한 번뿐이 아니다. 이년 전, 일 년 전, 몇 달 전……. 나는 H가 내게 써주었던 그 편지들을 다시 읽으며 나를 포근하게 껴안는 그의 사랑에 마음이 일렁이는 것을 느꼈다.

선배와는 일로 만난 사이지만
눈과 심장으로 만난
사람이라는 생각이 들어요.
선배를 통해 사랑을 느끼고,
선배의 글로 사랑을, 힘을, 용기를 배워요.
언제나 선배 옆에서 응원할 수 있다면
제 마음은 가장 기쁠 거예요. 사랑합니다.
— 2022년 흰 겨울, H 드림.

H의 편지와 함께 다른 후배들의 편지도 줄줄이 서랍에서 나왔다. 오랜만에 그 편지들을 모두

모아 읽었다. 여러 명의 이성과 연애편지를 주고받아 보았지만 이제 보니 그중 어느 것에도 이렇게 순수한 사랑이 담겨 있지는 않았던 것 같다. 나는 어질러진 가구 사이에서 사랑의 향기를 풍기는 후배들의 편지를 읽으며 시큰거리는 코끝을 닦았다.

그 회사를 그만둔 후로도 나는 그곳에서 연을 맺은 선후배들과 종종 만난다. 그들과의 만남은 언제나 즐겁고 새롭다. 두 달 후면 연말이 온다. 아마 올해 연말에도 그들과 만나게 될 터다. 이번에는 내가 모두에게 편지를 써서 주어야겠다. 클라라의 이 피아노 협주곡과 묶어, 후배들이 내게 써주었던 것처럼 진심 어린 응원과 사랑으로 가득한 편지를.

클라라 조세핀 비크 슈만, 피아노 협주곡
C. J. Wieck Schumann, Piano Concerto in A minor, Op. 7

베아트리체 라나, 야니크 네제-세갱, 유럽 체임버
오케스트라(2022, Warner Classics)

　　'오페라의 나라' 이탈리아에서 태어나고 자란
베아트리체 라나는 자신의 음악 세계에 태생이 큰 영향을
미쳤다고 자평한다. 가수가 노래하듯 피아노를 연주하려 한
다는 그가 연주하는 클라라 슈만의 피아노 협주곡에는 여
성만이 공감하고 표현할 수 있는 클라라의 감정이 생생하게
드러난다.

　　클라라의 음성을 피아노 소리로 듣는 것 같은
이 연주의 효과를 극대화하는 것이 바로 야니크 네제-세갱
의 지휘다. '메트 오페라'의 음악감독인 세갱은 오페라, 발
레 지휘의 대가다. 악기 소리에 대비감을 강하게 주어 감정
연출을 하는 데 탁월한 그의 지휘는 라나의 표현력 강한 연
주와 만나 시너지를 발휘한다.

3부

만남과 휴식

와인과 온기를
나누는 시간

1. 와인과 온기를 나누는 시간

☆

와인을 함께 마시고 싶은 사람

로시니, 〈방금 들린 그대 음성〉

와인을 마시기 좋은 계절은 겨울이다. 물론 내가 와인 입문자라서 이렇게 생각하는 것일지도 모른다. 포도 품종이나 원산지, 와이너리에 따른 와인의 특색을 아직 잘 모르는 나의 주장을 와인 전문가들은 얼토당토않다 생각할 수 있다. 하지만 아무리 적은 경험에 근거했더라도, 추위에 시린 콧속으로 들어오는 옅은 과일 향과 얼어 굳은 혀 위를 흘러 지나가는 미끈한 감촉이 차가운 겨울을 녹이는 마법이라는 것은 보편적으로 아주 틀린 말은 아닐 것이다.

육 년 전, 와인을 처음 마셔본 날은 한겨울이었고 눈이 내렸다. 연말을 맞아 가장 가까운 친구들과 조촐한 파티를 열었던 그날, 우리는 깨끗한 호텔 방을 하나 빌려 생크림 케이크와 화이트와인, 작은 선물을 나누었다.

그전까지 나는 와인이 아무리 저렴해도 병당 십만 원은 하는 술인 줄 알았다. 그래서 탄탄한

커리어를 자랑하는 전문직 여성의 전유물이라고 여겼다. 친구들을 만나면 소주나 맥주를 마시는 것이 당연한 채로 대학교를 막 졸업했을 무렵, 직장 생활을 일찍 시작한 친구 덕분에 화이트와인을 접하게 된 것이다.

아쉽게도 라벨은 잊었지만, 그 와인의 맛은 훌륭했다. 달콤하고 폭신한 생크림 케이크를 먹고 와인을 한 모금 마시면 부드럽게 녹은 케이크의 촉감과 쌉쌀한 와인의 맛이 입안에서 뒤섞였다. 사랑하는 친구들, 즐거운 대화와 끊이지 않는 웃음소리, 나지막이 들리는 아기자기한 음악, 창밖에 내리는 눈과 함께 마셨던 그날의 와인. 그 와인은 친구들과 소박한 선물을 나누었던 하얀 밤을 아직도 기억할 수 있을 정도로 특별하게 만들어주었다. 그날 나는 와인이 생각보다 별것 아니고, 또 생각보다 대단한 술이라는 사실을 알게 되었다.

그때부터 와인을 마시기 시작했다. 나름의 취향도 생겼다. 확실히 레드보다 화이트가 좋다. 아직은 지식이 부족해 늘 소믈리에의 추천을 받지만, 그러기가 여의치 않은 상황이라면 모스카토 다스티

를 고른다. 어느 자리, 어느 음식에나 무난하게 어울
린다.

　　　　가까워지고 싶은 사람과 식사 자리가 생
기면 꼭 와인을 곁들인다. 헤르만 헤세가 오트마 쇠
크와 음악 이야기를 하며 메르스부르크산 와인을 즐
겨 마셨듯이, 공통된 관심사로 대화하며 와인을 나누
는 것은 상대와 가까워지는 가장 서정적이고 가장 문
학적인 방법일 것이다.

　　　　이 다채로운 맛과 향의 과실주는 좋은 분
위기와 상대에 대한 호감을 끌어내는 데 특효가 있
다. (위스키 애호가들은 반발하겠지만) 와인이 가진
매혹적인 뉘앙스는 멜랑콜리한 위스키에 절대적으로
앞선다. 이 술의 매력은 수많은 종류만큼이나, 페어링
할 수 있는 음악의 수만큼이나 무궁하다. 음악에 비
교하자면 고독한 위스키는 정직한 소나타와 같고, 풍
성한 와인은 몽환적인 환상곡도, 웅장한 교향곡이나
협주곡도, 명랑한 발레 음악이나 우아한 왈츠도 될
수 있다. 때로는 재치 있는 아리아가 되기도 한다.

　　　　만약 겨울에 혼자 와인을 마신다면 어떤
곡을 곁들이면 좋을까. 제일 먼저 샤를 뒤투아의 지휘
로 몬트리올 심포니가 연주하는 라벨의 〈라 발스〉를

듣겠다. 이 곡은 관현악의 풍부한 양감과 프리즘을 투과한 빛처럼 찬란한 색채감이 환상적이다. 곡을 들으면 떠오르는 몽환적인 이미지의 향연은 오일리하고 향긋한 화이트 와인, 창밖에 소복이 쌓여가는 하얀 눈과 완벽한 세트를 이룬다.

하얀 도화지같은 눈밭을 보며 써내려가고 싶은 이야기의 이미지를 그려보고 싶다면, 바렌보임의 지휘로 첼리스트 재클린 뒤 프레가 협연한 엘가의 첼로 협주곡이 좋다. 이야기에 등장할 인물의 감정 속으로 빠져 볼 수 있다.

다른 이들과 함께 와인 잔을 들고 북적이는 파티에 있다면, 모차르트의 교향곡 35번 '하프너'가 제격이다. 모차르트가 잘츠부르크의 귀족인 지크문트 하프너의 작위 수여식을 축하하기 위해 쓴, 정확히는 이전에 쓴 세레나데serenade*를 교향곡으로 편곡한 그 곡을 카를 뵘의 지휘로 빈 필하모닉이 연주한 버전은 기품 있는 고전주의 음악의 정석이다. 멘

---

* 보통 연인을 위한 사랑의 노래를 일컫지만, 여기서는 17세기에서 18세기 사이 이탈리아에서 시작된 가벼운 연회용 연주곡을 뜻한다.

델스존 교향곡 4번 '이탈리아'의 활기찬 1악장이나 쇼팽의 화려한 '그랑 폴로네즈'도 좋은 선택지다.

　　　　연말, 특히 크리스마스 시즌이라면 야니크 네제 세갱의 지휘로 듣는 차이콥스키의 《호두까기 인형 모음곡》이 최선의 조합이고, 구스타보 두다멜의 지휘로 시몬 볼리바르 유스 오케스트라가 연주하는 번스타인의 〈맘보〉는 최고의 즐거움이다.

　　　　와인과 함께 둘만의 시간을 보낼 수도 있겠다. 잔잔한 대화가 편한 상대와 함께하는 시간이라면 브람스의 왈츠를 듣겠다. 사랑을 말하고 싶은 누군가와의 자리라면, 브람스의 인터메조 2번을 들을 것이다. 브람스가 오래 짝사랑한 클라라에게 헌정한 이 곡에는 조심스럽고 진실한 사랑이 담겨 있기 때문이다. 소프라노와 피아노 편성으로 이루어진 풀랑크의 〈사랑의 길〉을 들려주는 것도 나쁘진 않지만, 이 곡은 좀 끈적해서 어느 정도 관계가 진전된 사이에 더 어울린다. 사티의 〈당신을 원해요〉는 관계 진전이 상관없을 정도로 가벼운 사이에 적합하다. 사랑스럽고 유혹적인 그 곡은 작품이 가진 사랑스러움에도 불구하고 좀 노골적인 느낌을 가지고 있다.

사실 앞서 말한 자리들은 모두 내가 자주 갖는 자리도, 그렇게 좋아하는 자리도 아니다. 내가 좋아하는 자리는 부드럽고 강인하며 아름다운 여성들과의 유쾌하고 따스한 만남이 이루어지는 자리이다.

나는 운 좋게도 맛 좋고 정성 가득한 음식을 파는 레스토랑을 잘 아는 친구와 선후배 들을 곁에 많이 두었다. 덕분에 북촌에서, 연남에서, 광주에서 맛있는 음식과 향긋한 와인을 사이에 두고 온기를 나누는 시간을 자주 보냈다. 우리는 음악 이야기를 하기도 하고, 희로애락을 오가는 여러 종류의 이야기들, 가령 좋아하는 사람에 대한 사랑 이야기 같은 것들을 털어놓으며 웃음을 터뜨리고는 한다. 그렇게 비슷한 관심사와 가치관과 감정을 공유하며 함께 시간을 보낸다는 사실만으로도 서로의 위로와 기쁨이 되어준다.

이처럼 누구에게나 와인을 마시는 사이 또는 와인을 마시고 싶은 사이가 있을 것이다. 이런 사람과 맛있는 음식을 나누며 향 좋은 와인이 담긴 잔을 기울이는 시간에 최고인 조합의 음악을 하나 꼽아보라면, 수많은 명곡 가운데 로시니의 오페라 《세비야의 이발사》 중 주인공 로지나의 아리아 〈방금 들린 그대 음성〉을 고르겠다.

이탈리아의 작곡가 로시니는 이탈리아 오페라를 대표하는 인물이다. 고전주의와 낭만주의 사이 과도기에 작품 활동을 하며 벨칸토bel canto*를 오페라부파opera buffa**에 활용했는데, 이를 통해 이탈리아 낭만파 오페라의 탄생을 견인했다는 평가를 받는다.

로시니는 대단히 유쾌한 사람으로 알려져 있다. 낙천적이고 여유로운 성격이어서 인간관계가 원만했다고 한다. 그는 일찍이 《세비야의 이발사》 《알제리의 이탈리아 여인》 등의 오페라 작품으로 당대에 크게 성공했다. 이 히트작들을 썼을 때 그의 나이는 각각 23세, 21세였다.

이처럼 로시니는 가난한 집안에서 태어

---

* 이탈리아어로 '아름다운 노래'라는 뜻. 소리의 아름다움을 강조하는 창법으로, 부드러우면서도 균일하게 아름다운 소리를 내는 것을 중시한다. 빠르고 화려한 기교와 극적인 감정 표현도 벨칸토의 특징이다.

** 이탈리아어로 쓴 가벼운 내용의 희극 오페라. 오페라에서 막과 막 사이에 넣는 익살스러운 내용의 짧은 연극이 독립된 오페라로 확장된 것이다.

났지만, 음악적 재능을 타고나 이른 성공을 한 덕에 이십 대부터 평생 부유하게 살았다. 그래서 도니체티나 벨리니 같은 후배 작곡가들을 지원하는 데에도 아낌이 없었다. 또 먹는 것을 워낙 좋아해서 작곡가로 일하는 동안에도 작품 마감이 코앞일지언정 고급 레스토랑에서 미식을 즐기는 일은 포기하지 않았다. 37세에 오페라 《윌리엄 텔》을 쓰고 마흔 가까운 나이에 은퇴한 후에는 아예 미식가를 직업으로 삼을 정도였다.

    로시니의 작품은 그의 느긋하고 쾌활한 성격과 모차르트 등 과거 독일권 고전주의 작곡가들의 관현악곡을 공부한 경험이 어우러져 명랑한 분위기와 풍성한 양감, 화려한 관현악 선율을 가졌다. 특히 로시니의 오페라는 주인공들이 자신의 앞에 펼쳐진 난관을 얼마나 유쾌하게 헤쳐나가는지 보는 것이 가장 큰 재미다.
    로시니의 대표작 《세비야의 이발사》는 보마르셰의 희곡을 원작으로 하는 희극 오페라다. 로시니가 곡을 붙이고 대본 작가 스테르비니와 함께 대본을 수정하며 만든 이 작품은 대중에게 호불호가 갈리지 않는 극의 구성인 희극적 요소, 빠른 전개, 해피 엔딩을 갖췄다. 또 경쾌한 음악으로 채워져 있다. 그래서 시대를 막론하고 세계에서 가장 인기 있는 오페라 자리를 굳건히 사수하게 됐다.

이 오페라는 드라마나 영화로 치면 '로맨틱 코미디' 장르에 속하는데, 줄거리도 단순하다.

아름다운 로지나에게 첫눈에 반한 알마비바 백작은 로지나를 만나러 세비야에 찾아온다. '린도로'라는 가명을 쓰며 평민 신분으로 위장한 백작은 자신을 향한 로지나의 마음을 확인하게 되나, 로지나의 후견인 바르톨로의 방해로 그와 만나기가 여의치 않게 되자 위기를 돌파하기 위해 이발사 피가로의 도움을 받는다. 이런 우여곡절을 거쳐 백작과 로지나는 결혼에 성공한다.

여기서 린도로로 분한 백작을 사랑하게 된 로지나가 부르는 아리아가 바로 〈방금 들린 그대 음성〉이다.

로시니의 희극 오페라 속 여성 주인공들

은 가련하고 수동적이기만 하지 않고, 능동적으로 자신의 인생을 이끌어나간다. 로지나도 마찬가지다. 린도로와 결혼을 결심한 로지나의 아리아는 사랑에 빠진 여성의 설렘 가득한 마음을 담아 사랑스럽게 시작하지만, 바르톨로의 방해에 굴하지 않고 사랑을 쟁취하겠다고 선언할 때는 현란한 기교와 우렁찬 성량을 통해 강인한 본모습을 드러낸다.

> 방금 들린 그대 목소리가
> 내 마음을 울립니다.
> 린도로가, 내 마음에 사랑을 틔웠어요.
> 그래요, 린도로는 내 사랑이 될 거예요.
> 난 맹세했어요. 성공하고 말겠어요.
> ......
> 후견인은 막겠지만, 지혜를 짜내야죠.
> 그를 항복하게 만들고,
> 나는 행복해질 거예요.
> ......
> 나는 순하고, 상냥해요.
> 사랑스럽고 참을성도 있죠.
> 조언도 잘 받아들여요.

하지만 누가 나를 건드린다면

나는 독사로 변할 거예요.

백 개의 함정을 파서 굴복시키겠어요.

로시니가 음악으로 재탄생시킨 로지나는
기지를 발휘해 해피엔딩의 주인공이 되는 멋진 여성
이다. 내가 함께 와인을 마시고 싶은 여성들과 듣는
노래로 이 노래를 선택한 것은 내 주변의 여성들이 로
지나와 같이 자신의 운명을 개척해 나가는 진취적인
여성들이어서 그런 것도 있지만, 낙천적이었던 성격
의 로시니가 쓴 이 유쾌한 아리아야말로 그들의 즐거
운 웃음소리와 더없이 잘 어울리기 때문이다. 장담컨
대 로시니의 이 아리아를 싫어할 사람은 없을 것이다.

함께 와인을 마시는 사이가 되어간다는
것은 가슴이 따뜻해지는 일이다. 우리는 그 시간을
통해 와인만 나누는 것이 아니라 온기도 함께 나눈
다. 마치 와인처럼 색도, 맛도, 향도 다른 각자의 온
기로 서로의 마음이 더 다양하게 따스해질 수 있도록
데운다.

이 글을 쓰고 있으니 떠오르는 사람들이

많다. 곧 만날 약속을 정해야겠다. "어제는 겨울에 맛있는 음식과 화이트와인을 곁들이며 듣기 좋은 음악에 관해 썼습니다. 그리고 로지나가 부르는 〈방금 들은 그대 음성〉에 대해 쓰며 당신을 떠올렸습니다. 당신을 만나고 싶습니다"라고 말할 수 있는 사이의 사람들을, 만나러 가야겠다.

추천연주

지아키노 로시니, 오페라 《세비야의 이발사》
중 로지나의 아리아 〈방금 들린 그대 음성〉
G. Rossini, 〈Una Voce Poco Fa〉 from 《Il Barbiere di Siviglia》

박혜상, 베르트랑 드 빌리, 빈 심포니 (2020, DG)

추천하는 음반으로는 베르트랑 드 빌리 지휘에 빈 심포니가 연주한 버전을 선택했지만, 위 음반과 함께 박혜상이 노래하는 영상도 꼭 감상해보기를 추천한다.

나는 박혜상이 2020년 DG와의 첫 앨범 발매를 기념하며 국내에서 가졌던 기자간담회 현장에서 그가 선보인 이 아리아 연주를 본 적이 있다. 진지하고 압박감까지 느껴질 수 있는 무거운 분위기의 간담회 현장에서도 그는 시선을 카메라에 똑바로 두고 회견장을 오페라 무대로 착각하게 할 만큼 몰입도 뛰어난 연기를 선보였다.

그런 그의 로지나 캐릭터에서는 사랑스러움과 강인함이 공존하는 입체적인 매력과 완벽한 기교를 확인할 수 있다. 그리고 뛰어난 감정 표현력과 연기력에 감탄하며 성악가가 '배우'이기도 하다는 사실을 새삼 각인하게 된다.

그의 매력에 빠지는 순간, 자동으로 그의 열렬한 팬이 될 것이다.

진녹색의 계절을 붙드는 음악

리스트, '탄식'

나는 산책을 즐겨 한다. 복잡한 머릿속에서 엉킨 머리카락처럼 뒤섞인 글 타래와 잡생각은 한낮에 여유로운 산책을 잠깐이라도 하고 돌아오면 시원하게 풀어진다. 그렇게 상쾌한 마음을 되찾으면 언제나 다음 작업은 수월하다. 공원에서의 산책은 내게 휴식인 동시에 사색의 시간이기도 하다.

내가 가장 자주 가는 공원은 시내에 있는 큰 버스터미널 건물 뒤쪽에 있다. 하천을 가운데 두고 양쪽으로 조성된 그 공원은 크지 않다. 게이트볼장이 있는 하천 쪽은 평일 오후에도 사람이 꽤 있지만, 버스터미널 쪽은 주말이 아닌 이상 늘 한가하다.

산책을 나선 여름의 어느 날, 그날도 나는 한가한 공원으로 걸어 들어갔다. 하천가 옆의 비를 맞아 향이 짙은 풀밭 위를 터벅터벅 걸었다. 걸음을 뗄 때마다 풀 내음이 풍성하게 풍겼다. 그 향기를 맡으며 잔잔하고 고요한 하천을 보고 있자니 어느새 마음이 편안해졌다. 운이 좋으면 가끔 백로를 볼 수 있는데 그날은 보이지 않았다.

타원형 공원의 끄트머리로 갔다. 텅 빈 벤치 두 개가 보였다. 나는 그중 하나에 앉아 다리를 쭉 뻗고 그대로 철퍼덕 드러누웠다. 눕자마자 한숨이 절로 나올 만큼 그때 내 머릿속에는 해결되지 않은 문제들이 떠다니고 있었다. 나는 눈을 감으면서 한숨을 길게 내쉬었다가, 다시 눈을 천천히 떴다.

시야에 들어온 것은 나무와 햇빛이었다. 다른 것들은 들어올 틈 없이 나무와 햇빛만이 눈앞을 가득 채운 평화로운 풍경이었다. 한숨이 그 사이로 훨훨 날아가는 것이 보였다. 바람에 흔들리는 고동색 나뭇가지와 그 사이를 촘촘하게 메운 초록색 나뭇잎, 움직이는 잎들 사이에서 반짝거리는 흰 햇빛이 유려하게 하늘거렸다. 마치 나뭇잎의 요정들이 부리는 마법을 보고 있는 것 같았다.

나는 햇빛과 나뭇잎의 움직임을 눈으로 좇았다. 내 눈동자가 그것들의 움직임을 따라 미세하고 바쁘게 움직이는 것이 느껴졌다. 바람이 조금 더 부니 짙은 녹색 나뭇잎 위에 연두색 얼룩이 졌다. 햇빛을 받은 나뭇잎의 면은 하얗고, 그 뒷면은 연둣빛이거나 어떤 순간에는 검게까지도 보였다. 잎이 흔들릴 때마다 녹음의 향기는 한 겹씩 짙어졌다. 바람결에 나부낀 이파리들이 서로 맞닿아 파스스 인사하는 소리, 그 사이 어디선가 새가 지저귀는 소리가 들렸다. 평소에는 별 관심도 주지 않았던 생명들의 존재를 지각하면서 이 땅의 작은 생명들은 언제나 이렇게 쉼 없이 움직이고 있구나, 라고 생각했다. 그러면서 내가 자연에 동화되고 있음을 느꼈다. 자연 속에서 작은 번뇌들은 하릴없는 것임을 깨달으며 그 초록빛을 한참 보았다.

　　　몸을 일으켜 앉았다. 주변을 한번 휘휘 둘러보았다. 산책하는 사람들이 멀찍이 드문드문 보였다. 내 주변에는 여전히 아무도 없었다. 나는 민폐를 끼칠 걱정 없이 휴대전화를 꺼내 음악을 틀었다. 다시 벤치에 누워 때로는 눈을 감기도 하고 때로는 뜨면서 음악 속의 피아노 소리를 들었다.

　　　자연 안에서 듣는 피아노 소리라면 누군가는 그리그의 쾌청한 피아노 협주곡을 떠올릴지도 모른다. 탁 트인 물가에서 백로가 날아가는 것을 보며 듣는 피아노 협주곡의 2악장이라면 그럴 수도 있지만, 전체적으로 그리그의 그 음악은 이 시골의 한적한 공원과는 어울리지 않는다.

시벨리우스의 교향곡 1번도 마찬가지다. 백색 빛 가득한 이 음악은 설산 위에서 흐르기 위해 태어났다. 그리그는 노르웨이 태생이고, 시벨리우스는 핀란드를 대표하는 작곡가다. 그들의 고향인 북유럽의 역동하는 자연과 우리나라의 자연은 너무나 다르다. 여기가 노르웨이나 핀란드의 강가나 산간 어디쯤이면 몰라도 경기도 광주의 경안천을 두른 작은 공원에서 듣기에 그 두 음악가의 음악은 너무 거창한 느낌이 있었다.

반면 리스트의 '탄식'이라면 더할 나위 없다. 이 곡은 전반적으로 소박하고 영롱한 가운데 이따금 찾아오는 강풍 같은 구간이 있어 우리나라의 자연과 절묘하게 어울린다. 요즘처럼 삶에 관한 글을 쓰는 때에는 리스트의 음악에 가장 마음이 간다. 바흐와 베토벤의 음악도 자주 듣는다. 내 삶을 들여다보며 인간의 생이란 도대체 무엇인가 사색하노라면 나무의 뿌리와 열매와 줄기처럼 환원되는 세 작곡가의 세계를 떠올리지 않을 수 없다.

그중 산책길에 리스트의 음악이 특히 좋

은 이유는 그가 결국 음악을 통해 진리를 깨달았음에
도 여전히 낭만적이었기 때문이다. 리스트는 인간이
늘 외면에서 찾던 것은 결국 내면에 있음을, 우주의
먼지라는 인간 안에 우주의 전부가 존재함을 음악으
로 증명한 철학가이자 음악가다. 하지만 때로 '탄식'
처럼 소박한 작품도 썼다.

　　　　　젊은 리스트의 짧은 일기와도 같은 '탄
식'은 길고 어렵게 느껴지는 그의 다른 대작에 비해
비교적 감상하기 수월하다. 이 작품의 정확한 제목은
리스트의 연습곡집 《3개의 연주회용 연습곡》 중 3번
'Un sospiro'인데, 출판 당시에는 제목이 《시적 카프
리스caprice*집》이었다. 'Un sospiro'는 '탄식' 혹은 '한
숨'이라는 뜻이다. 다만 리스트가 이 부제를 직접 붙
인 것인지는 알려지지 않았다. 평생 60여 곡의 연습
곡을 쓴 리스트는 그 곡들 가운데 이 곡을 가장 사랑
했다. 쇼팽이 평생 자신의 피아노 협주곡 2번 2악장
으로 사람들과 대화하기를 좋아했듯이, 리스트는 이
곡을 말년까지 즐겨 연주했다.

* 　형식에 구속되지 않는 자유로운 기악곡을 뜻한다.

나는 리스트의 서정성이 드러난다고 주로 평가받는 이 곡에서 별로 서정성을 느끼지 않는다. 서정성에는 부드러움이 전제되는데 이 곡은 전혀 부드럽지 않다. 그러니 이 곡은 아름다운 곡이지 서정적인 곡은 아니다. 아름다운 곡이 곧 서정적일 수 있지만, 이 곡의 경우에는 아니다.

이 짧은 음악은 처음부터 끝까지 자연스러워 아름답다. 동시에 이 곡은 연약하지 않다. 연약하지 않으면서도 우아할 수 있다는 것을 증명하기까지 한다. 물결에 쉽게 비유되는 이 곡의 아름다운 아르페지오에서 느껴지는 우아함은 평화로운 호수나 잠잠한 바다에서 느낄 수 있는 것이 아니다. 그것은 손바닥보다 작은 나뭇잎들의 하늘하늘한 춤사위, 그 나뭇잎보다 더 작은 나뭇잎 사이사이에 스며드는 햇빛에서 느낄 수 있다. 이 곡에서 아르페지오는 처음부터 끝까지 이어지는데, 춤을 추는 듯한 주선율이 바람에 따라 움직이는 나뭇잎과 절묘한 조화를 이룬다.

곡 분위기는 중간에 한 번 반전된다. 산책 중 생각에 골몰하다 보면 다소 강한 감정의 소용돌이 바람 같은 구간을 맞이할 때가 있다. 그때 감정을 고조시키는 높은 도약의 음에 정신을 번쩍 차리고 나면,

다시 음악은 언제 그랬냐는 듯 자연스럽게 원래의 주제로 돌아가 눈앞에 펼쳐진 초록빛처럼 잔잔하게 움직인다. 이렇게 반복되는 아르페지오와 간결한 주선율의 조합은 청자로 하여금 산책길을 리스트와 함께 걸으며 초록색의 자연을 바라보는 듯한 착각을 불러일으킨다.

　　　리스트와 산책하며 그의 짧은 이야기를 듣는 것 같은 기분 좋은 착각에 빠진 채, 나는 벤치에서 나무 향을 맡으며 숨을 크게 내쉬었다. 삶의 한 순간이 음악과 초록과 함께 온몸을 통과하는 것 같아 무척 상쾌했다. 음악을 들으며 보이는 눈앞의 소박한 정경이 내게 숨결을 불어넣는 것 같았다. 적막 속에서 태동하는 소리의 파동과 클래식 음악이 가진 이채는 이 작은 곳에서 짧은 음악으로도 인간을 감동에 빠지게 한다.

　　　눈을 감으며 생각에 잠겼다. 눈을 뜨며 바람 소리, 나뭇잎 소리, 새소리가 들리는 풍경을 보았다. 모든 것과 어우러지던 피아노 소리가 끝나간다. 나는 아쉬운 마음에 끝나가는 음악을 처음으로 되돌렸다. 집에 돌아온 것은 한 시간쯤 후였던 것 같다.

요즘도 '탄식'을 종종 듣는다. 꼭 공원이 아니라도 어디서든 언제든 그 음악을 들으면 풀밭 위에 누워 있는 기분이 든다. 온갖 번뇌와 잡념을 멀리 보내면서, 하얀 햇빛이 떨어지며 내 얼굴을 비추고 코끝에 풀 냄새가 스치는 순간을 상상한다.

오늘도 그 공원을 산책하며 벤치에 누워 음악을 듣다 돌아왔다. 감각들은 이제 여름이 희미하게 사라져간다고 알려주었다. 바람은 시원하고 청명한 하늘엔 뭉게구름이 잦으며, 노을 질 때가 되면 구름 색이 빨개진다. 이제 나는 완연한 가을을 기다리며 유화 같은 정동길을 걷는 상상을 한다. 조지 거슈윈의 〈랩소디 인 블루〉와 드보르자크의 〈현을 위한 세레나데〉를 한껏 들을 10월을 기대한다. 그런데도 여전히, 그날 그곳에서 마음속에 들어온 여음이 진녹색의 계절을 붙든다.

프란츠 리스트, 《3개의 연주회용 연습곡》 중
3번 '탄식'
F. Liszt, 《Trois Etudes de Concert》, S. 144 – No. 3 in D flat major
'Un Sospiro'

클라우디오 아라우(1977, Decca)

'리스트 스페셜리스트'로 불리는 클라우디오
아라우의 연주 영상을 소개한다. 물론 그는 리스트 스페셜
리스트라는 말로 한정할 수 있는 피아니스트는 아니다. 아
라우는 리스트의 제자인 마틴 크라우제를 사사했는데, 이
곡의 연주에서 그가 건반으로 구현한 명징한 소리는 누구도
흉내 내지 못할 것이다.

작곡에 있어서만큼은 완벽주의자였던 리스트
는 죽는 날까지 자신의 작품을 계속 수정해 여러 에디션으
로 출판했다. 첨부한 영상에서 아라우는 이 곡의 세 번째 에
디션을 연주한다. 기가 세고 당당했던 리스트의 성정이 재
현되는 듯한 이 연주는 소품곡인데도 화려하고 선명한 이미
지를 펼쳐 보인다.

리스트의 계보를 잇는 피아니스트들 중 20세기

의 전설이라 불리는 피아니스트들은 클라우디오 아라우 외에도 많다. 라흐마니노프 또한 리스트의 제자인 알렉산더 실로티의 제자다. 조르주 치프라와 호르헤 볼레트의 연주도 레코딩으로 남아 있다. 리스트의 작품을 들을 때, 리스트로부터 뻗어 나온 가지의 열매와 같은 이 '제자의 제자들'의 연주를 비교하며 들어보는 것도 감상의 묘미다.

미술관에서 배우는 비움의 미학

R. 슈트라우스, 〈내일〉

미술관에 간 일은 우연한 충동이었다. 몰두해야 할 작업을 앞두고 머리나 식힐 겸 속초를 찾았는데, 생각이 영 정리되지 않아 심란하던 차에 문득 미술관이 떠오른 것이다.

기자 일을 할 때 회사 사무실이 정동길에 있었다. 입사 초기, 이른 점심을 먹고 근방의 미술관에 가보았다. 내가 간 곳은 서울시립미술관 서소문본관이었다. 잘 알려져 있듯 그 미술관의 전시는 상당한 수준을 자랑한다. 당시에는 한묵 화백의 추상화 전시가 열리고 있었다. 나는 그전까지는 특별한 이유 없이 사실주의 회화 작품만을 좋아했다. 섬세하게 그린 다채로운 색감의 그림들은 미술에 문외한인 사람이어도 그 예술성을 이해하기 쉽기 때문이었다.

그러나 단순한 산책의 일환이었을 뿐인 그날, 나는 한국 추상회화의 선구자인 한 화백의 작품을 보고 추상화가 가진 응축된 힘, 관람객을 덮치는 에너지에 굉장한 충격을 받았다. 동시에 미술관이 얼마나 안정감과 영감을 줄 수 있는 곳인지 체감하기도 했다. 그 후로 일이 잘 풀리지 않거나 번아웃이 올 것 같으면 그 미술관이나 다른 미술관에 갔다. 미술관에는 그때 내게 없는 것, 여유, 시간, 틈과 같은 것들이 항상 있었다.

　　모든 예술은 서로 연결되어 있고, 음악과 미술 또한 그렇다. 둘 다 언어로 표현할 수 없는 진리와 가치를 표현하는 수단이고, 동시에 그것을 목표로 하며, 작업 과정을 통해 누군가의 이상이 실현된다. 따라서 미술관은 콘서트홀과 상통하는 공간이 된다.

　　미술관이 회사와 가까운 것은 음악과 관련한 기사를 쓰는 내게 여러모로 특혜였다. 그 미술관에서 여러 작품을 감상한 덕에 나는 추상화의 가치를 깨닫고, 조각 작품의 매력에도 빠지게 되었다. 다양한 장르의 예술 작품들을 접하는 데 거부감이 사라지고 더 폭넓은 세상을 만날 수 있게 되었다.

　　회사 마지막 출근 날에도 그 미술관을 찾았다. 그때 열렸던 전시 〈노실의 천사〉는 조각가 권진규의 탄생 백 주년을 기념하는 전시로, 그날 보았던 작품 〈입산〉(1964)은 그때까지 내가 본 작품 중 가장 충격적인 작품이었다. 조각 작품을 많이 본 것은 아니었지만, 그 작품에서는 현란한 기교 없이 투박한 형태 안에 담긴 사물의 본질이 온전히 느껴졌다. 예술의 존재 이유와 정수를 단순하지만 궁극적인 조각 안에 응축시킨 그 작품에 대한 기억이 나를 고성의 미술관으로 이끈 것이 아닐까 싶다.

속초에서 차로 이십 분 정도 가니 조용한 시골 동네가 나왔다. 넓은 밭들과 작고 오래된 집들 사이로 간신히 차선을 낸 시골길을 달렸다. 차창을 내리고 맑은 공기를 마시자 마음속의 먼지들이 바람과 함께 훌훌 날아가는 것 같았다. 마을 안쪽으로 향할수록 울산바위가 가까워졌다. 소나무가 우거진 길목에 '바움지움 조각미술관'이라고 적힌 안내판이 세워져 있었다.

십일월 중순의 평일 오후 한 시, 강원도 고성의 외진 미술관에는 방문객이 거의 없었다. 주차장에 차를 세우고 산책로를 따라 걸었다. 지금 나에게 필요한 것이 이 미술관에 있으리란 좋은 느낌이 들었다.

미술관은 고요했다. 자갈길 위를 걷는 동

안 사람의 말소리는 하나도 들리지 않았다. 입동이 지난 것이 무색하게 날이 따뜻했다. 발아래에서 자갈이 맞부딪치는 소리를 들으며 고개를 들어 하늘을 보았다. 고성의 하늘은 흐린 감 없이 맑았고, 가운데에는 둥근 태양이 하얗게 빛나고 있었다. 구름은 하늘색 수채화 물감 위에 쌓인, 아직 덜 풀린 흰색 물감 같았다. 청정한 날씨와 기분 좋은 여유를 만끽하며 천천히 미술관 입구로 걸어 들어갔다. 느린 바람에 솔향이 실려왔다.

미술관 내부는 클래식 음악이 흘러나오고 있었다. 관람객은 없었다. 드문 행운을 누릴 수 있게 된 것이다. 누구의 시선도 의식하지 않고 누구의 편의도 고려하지 않고 누구의 목소리도 듣지 않고, 오직 음악과 내 발소리만 들으면서 나는 일정한 간격으로 놓인 미술 작품들을 보고 싶은 대로 원 없이 보았다.

전시된 작품은 모두 조각 작품이었다. 권진규의 〈입산〉처럼 단순한 선을 가진 추상 조각들이 미술관을 채우고 있었다. 김명숙의 〈토르소〉 시리즈와 이선종의 〈쌍무〉에 표현된 여체의 부드러운 곡선

미는 무척 아름다웠다. 치밀한 묘사 없이 단일한 선으로도 충분한 아름다움과 단순함의 미학이 배어든 작품들이었다.

미술관 외부에는 조각과 설치 작품이 있었다. 시선을 단번에 사로잡는 한창규의 〈Drawing〉은 비움의 미학을 보여주었다. 스테인리스로 만든 이 작품은 짐승의 모양을 하고 있는데, 외곽선만 남겨두고 안을 채우지 않았다. 그렇게 함으로써 선 사이로 보이는 주변 풍경까지 작품의 일부로 만들었다. 나는 작품의 공간을 채우지 않으면서도 공간을 장악한 이 작품 앞에서 가장 오랜 시간을 보냈다. 그리고 내가 고민하던 문제가 머릿속에서 자연히 풀어지는 것을 느꼈다.

나의 고민은 내가 쓴 모든 글이 너무 넘치듯 느껴진다는 것이었다. 글을 쓸 때 항상 조급해하지 말라는 말, 욕심을 버리라는 말을 곱씹는다. 하지만 그 즉시 조급함도 욕심도 가지지 않을 수 있는 사람이 몇이나 되겠는가. 덜어내는 것은 늘 어려웠다. 덜어내야 더 아름답고 본질에 가까워질 수 있다는 것을 알면서도 전혀 그러지 못하고 있었다. 욕심과 집착은 사랑이 아니라는 것을 알고 있지만, 사랑하기 때문에 더 욕심내고 집착하게 되는 모순이 나를 괴롭게 했다.

미술관에 머무르는 동안, 나는 '비워내기'를 배웠다. 단순하다고 부족한 것이 아니며 비운다고 모자란 것이 아니라는 진리를 시각 경험을 통해 마음에 새겼다. 작품이 곳곳에 놓여 있는 돌과 풀과 나무로 가득한 정원도 천천히 거닐어 보았다. 걷는 동안 미술관에서는 계속 클래식 음악이 흘러나왔다. 대부분 베토벤의 교향곡 9번 '합창'과 브람스의 피아노 협주곡 2번 같은 웅장한 관현악곡들이었다. 물론 위대한 명작들이지만, 내 생각에 자연 속의 한적한 미술관과 미술관의 작품들이 주는 메시지에 그 음악들은 어울리지 않았다. 내게 만약 다른 음악을 선택할 기회가 주어졌더라면 나는 아마 슈트라우스의 가곡을 골랐을 것이다.

사람들은 '슈트라우스'라고 하면 흔히 왈츠 작품들로 유명한 요한 슈트라우스 2세를 떠올리지만, 내가 말하는 슈트라우스는 리하르트 슈트라우스이다. 또 '가곡'하면 보통 삼십여 년 평생 600여 곡의 가곡을 작곡한 '가곡의 왕' 슈베르트의 작품들을 떠올린다. 실제로 슈트라우스의 가곡은 슈베르트에게서 많은 영향을 받았다. 그래도 나는 슈트라우스의 가곡을 선택하겠다. 슈베르트의 음악이 가진 특유의 쓸쓸함이 낙엽처럼 가슴을 아리게 하는 늦가을을 제외하면, 언제나 슈트라우스의 가곡들, 모범적이면서 반발적인 그 이중성 짙은 가곡들에 더 마음이 끌리기 때문이다.

리하르트 슈트라우스는 리스트의 뒤를 따르는 독일의 작곡가로, 말러와 동시대에 활약했던 거장이다. 그는 클래식 음악의 거의 모든 영역(교향곡, 교향시, 협주곡, 실내악, 오페라, 발레 음악, 가곡, 기악 독주곡 등)에서 걸출한 역작을 남겼다. 대표작으로는 니체가 쓴 동명의 책에서 영감을 얻어 작곡한 교향시symphonic poem* 〈차라투스트라는 이렇게 말했다〉, 파격적인 불협화음으로 당대 화제를 모았던 오페라 《살

* 시적이거나 철학적인 내용을 관현악으로 표현하는 표제음악의 한 종류. 이 말은 프란츠 리스트가 처음으로 쓰고 그 형식을 확립했다. 교향곡이 일반적으로 2악장에서 4악장으로 구성된다면, 교향시는 보통 1악장으로 구성된다.

로메》와 《엘렉트라》 등이 있다.

이때 슈트라우스는 단연 유럽 음악계 최고의 화두였다. 그는 다채로운 관현악법의 대가였다. 전례 없는 규모의 오케스트라를 사용했고, 그 오케스트라를 자유자재로 부릴 줄 알았다. 말러는 슈트라우스의 《살로메》를 "천재의 작품"이라고 극찬했으며, 슈트라우스와 정반대 스타일의 음악을 했던 드뷔시 또한 그의 천재적인 오케스트레이션 실력만큼은 인정했을 정도였다.

이에 더해 슈트라우스는 묘사력이 뛰어나고 작품에 철학적 메시지를 담는 데도 능한 거인이었다. 그런 그의 음악 세계의 정수를 모아 아름다운 선율과 함께 악보 위에 펼쳐 보인 것이 바로 그의 가곡 작품들이다. 그중에서도 이 미술관에 흘러야 할 음악을 한 곡만 꼽는다면, 단연 〈내일〉이다.

평생 200여 곡의 가곡을 작곡한 슈트라우스는 1894년에 소프라노 파울리네 드 아나와 결혼하며 《4개의 가곡》이라는 작품을 결혼 선물로 헌정했다. 〈내일〉은 이 4개의 가곡 중 마지막 곡으로, 스코틀랜드 태생의 작가 존 헨리 맥케이의 시에 곡을 붙인 작품이다.

그리고 또다시 내일, 태양은 빛나리라
내가 걸어갈 이 길 위에서
우리는 다시 행복하게 만나리라
태양이 숨 쉬는 이 땅 위에서

그리고 푸른 파도 일렁이는 저 넓은 해변으로
우리는 조용하고 느리게 내려 가리라
우리는 말없이 서로의 눈을 마주 보고
행복의 고요한 침묵이 우리 위에 내려 오리라

슈트라우스는 파울리네에게 헌신적인 배우자였다. 파울리네를 향한 슈트라우스의 깊은 사랑은 평생동안 이어졌다. 그 마음을 표현하기에 시에 음악을 붙인, 소프라노를 위한 가곡만한 선택도 없었을 것이다.

이러한 배경으로 탄생한 작품 〈내일〉은 슈트라우스의 가곡 작품에서는 거의 찾아볼 수 없는 특징을 가지고 있다. 이 작품은 조성*을 바꾸지 않고,

* 특정 음(으뜸음) 또는 화음을 중심으로, 화성적으로 어울리는 관계의 음들이 음악을 구성하는 것 혹은 그 체계.

처음부터 끝까지 하나의 조성만을 사용했다. 또한 슈트라우스는 자신의 가곡 작품 대부분을 오케스트라를 위한 편성으로 작곡했다가 후에 피아노 버전으로 편곡했는데, 이 작품은 처음부터 소프라노와 피아노를 위한 편성으로 작곡하고 후에 바이올린과 피아노, 오케스트라와 성악을 위한 버전으로 편곡했다.

오롯한 선율 하나에 감정의 정수를 담아 나지막하게 노래하는 이 가곡은 미술관을 둘러싼 여유로운 자연처럼 청아하다. 그런데 한편으로는 미술관에 전시된 여체 토르소 작품들처럼 관능적인 분위기를 자아내기도 한다.

도입부의 느린 아르페지오는 미술관에 흐르는 평화와 노곤한 햇살이 만드는 빛의 움직임처럼 부드럽다. 한 마디의 반주가 채 마무리되기도 전에 갑자기 등장하는 성악 선율은 고요하던 미술관에 불쑥 등장한 방문객처럼 느껴진다. 이어지는 목소리와 피아노 소리의 조화로운 결합은 작품과 관람객 혹은 작가와 관람객이 만들어낸 공간을 초월한 우아한 교류다. 목소리가 사라진 후, 피아노 소리는 곡의 도입부처럼 홀로 이어진다. 마치 미술관은 계속 이 자리에 머물러 있을 것임을 약속하는 듯하다. 그 부드럽고 평온한 소리는 미술관의 단선으로 유려하게 곡선진 작품들, 잔잔하고 평화로운 분위기가 만드는 너른 여유와 한 폭의 그림처럼 어울린다.

곡 전체의 느린 템포는 작품이 가진 따스한 서정성을 유지하며, 감정을 불필요하게 고조시키지 않고 낭송한다. 미사여구 없이 핵심만 말하는 진솔함, 여기에서 풍기는 기품, 밑바탕에 거대한 음악적 세계가 있음을 느끼게 하는 내공이 슈트라우스 가곡의 특징이자 매력이다. 그래서 목소리와 피아노 소리가 각각 한 줄기의 선율만을 쓰고 있음에도 부족한 느낌이 없다.

슈트라우스의 가곡은 악보에 악기와 음표를 넘치도록 채우지 않아도 된다는 것을 증명한다. 되려 단순하게 비움으로써 완성한 음악이 어떻게 공간을 지배할 수 있는지, 사람의 마음을 움직일 수 있는지 보여준다. 이것은 그가 '넘치도록 채울 수 있으나' 그러지 않았기 때문에 가능한 일이다. 만약 이 음악을 들으며 미술관의 작품들을 보았다면, 나는 시각에 부친 청각 경험으로 망각이 습관인 정신에 그 진리를 더 깊게 새길 수 있었을 것이다.

　　미술관을 떠나기 전, 산책로를 한 번 더 걸었다. 미술관에는 새 관람객 몇 명이 들어섰다. 나는 그들과 엇갈려 출구로 향했다. 미술관에 들어섰을 때와는 확실히 다른, 가벼운 마음이었다. 나를 둘러싼 자연의 소리는 관람객들의 멀어지는 발소리 위로 한 층 더 아름답고 여유롭게 들렸다.

　　이제는 더 잘 비워낼 수 있을 것 같다. 모든 것을 더 잘 담을 수 있을 것 같다고도 생각했다. 지금 내가 다듬어 가는 조각이 어떤 모양이더라도, 그 안을 충분한 여백으로 채울 수 있을 것이라는 기분 좋은 예감을 느끼며 미술관을 나섰다.

리하르트 슈트라우스, 《4개의 가곡》 중
4번 〈내일〉
R. Strauss, 《Vier Lieder》, Op. 27, TrV. 170 - No. 4 〈Morgen〉

재닛 베이커, 제럴드 무어 (1968, Warner Classics)

이 작품처럼 공간이 많은 곡은 음표로 채워지지
않은 여백을 어떻게 채우느냐가 연주의 핵심이 된다. 후기
낭만주의 작곡가의 가곡 작품인 만큼 감정 표현도 중요하다.
그 점에서 재닛 베이커와 제럴드 무어의 녹음은 '비었으나
채워진' 이 작품을 가장 품위 있게 해석한 연주 녹음이다. 콘
트랄토 contralto (여성 성악가가 낼 수 있는 최저의 음역 또는 그 음역
을 소화하는 여성 가수)인 재닛 베이커의 낮은 목소리는 곡 전
반의 짙은 애수와 자연스럽게 어울린다. 또한 여유롭게 시작
하는 도입부를 포함해 노래 속 화자에 완전히 이입한 진솔
한 감정 표현은 청자로 하여금 깊지만 과시적이지 않은 사
랑의 메시지에 공감하게 만든다.
슈트라우스의 가곡을 연주할 때는 반주자의 역
할이 무척 중요한데, 이 녹음에서 예술가곡 전문 반주 피아

니스트인 제럴드 무어의 반주를 들을 수 있다. 그는 독주자를 보조하는 정도로 인식되었던 반주를 예술의 경지로 끌어올린 피아니스트로, 전설적인 성악가 디트리히 피셔 디스카우와 함께 슈트라우스의 가곡 전집을 발매하기도 했다. 무어는 단순히 음과 템포를 성악가와 맞추기만 하는 것이 아니라 작품의 본질을 탐구하고, 성악가를 완벽하게 이해하고 연주에 들어서는 피아니스트다. 그의 따뜻하고 자연스러운 반주는 베이커가 가진 개성과 아름다움을 최대치로 이끌어낸다.

4부

희망

타오르는
불꽃처럼

1. 붉은 윤슬, 아름다운 아타카

중요한 것은 결과가 아니라 과정이다

베토벤, 피아노 협주곡 5번 '황제'

바다는 늘 신비롭게 아름답다.

기자 일을 그만두고 처음 맞이하는 새해 첫날. 그 겨울의 나는 나름 안정적이었던 직장을 관두고 전업 작가로 사는 도전이 영 풀리지 않고 있었다. 겨울 바다를 보며 이런 침울한 마음을 다잡고 싶었다.

그래서 명파로 갔다. 전광석화처럼 빠르게 스쳐간 일상을 하나하나 되짚어 볼 수 있는, 느리게 움직이는 시간이 필요했다. 자애로운 바닷가에서라면 생활 속에서 보내던 얕은 시간이 아닌, 깊고 투명한 시간을 가질 수 있을 것 같았다.

명파에 도착했을 때는 아직 태양이 떠오르기 전이었다. 수평선 위 하늘의 색은 완전히 칠흑같지 않고 약간 검푸렀고, 수평선은 붉은 기가 돌아 곧 일출이 시작될 듯했다. 나처럼 나름의 사연을 가지고 온 사람들이 이미 꽤 있었다. 나는 조금 얼었지만 운동화 끈까지는 모래에 파묻히는 어두운 해변을 따라 가장 사람이 없는 끄트머리까지 천천히 걸어갔다.

찬 모래 위에 앉아서 해가 뜨기를 기다렸다. 두꺼운 장갑을 낀 손으로 바다를 떠날 때 다시 움직여야 할 무릎을 만졌다. 그렇게 바다의 시간 속에서 삶의 파편들을 꺼내면서 생각에 잠겼다.

너무 많은 실패를 겪으면 중요한 것은 순간의 결과가 아니라 긴 과정이라는 사실을 종종 잊게 된다. 우리가 실패를 두려워하는 이유는 그것이 과정의 아름다움을 잊게 만들기 때문이어야 한다. 그런데 막상 실패에 얻어 맞으면 그 충격에서 헤어나오기가 쉽지 않다. 그러다 보니 우리는 스스로를 지키기 위해 본능적으로 자꾸만 과정의 중요성을 잊는 것 같다.

이럴 때면 스트라빈스키와 릴케를 떠올린다. 스트라빈스키는 "나는 실패에서 더 많이 배웠다"라고 말했고, 릴케는 "인생의 목적은 점점 더 큰 일에 패배하는 것"이라고 말했다. 광활한 바다 앞에 홀로 앉아 예술가들의 말을 조용히 곱씹다 보니 자연스럽게 다시 기억하게 되었다. 인생의 끝에서 빛나는 것은 실패나 성공 같은 결과가 아니라 아름다운 과정이고, 인생의 목표는 성공이 아니라 완결이라는 것을.

또 꿈을 이루기 위해 노력하고 있다는 사실만으로도 내 꿈은 이미 이루어졌다는 것을.

삼십 분쯤 지나자 주변이 꽤 밝아졌다. 해를 찾아 눈을 이리저리 돌렸지만, 아직 해의 모습은 보이지 않았다. 신이 이 일대를 비추는 조명의 조도를 느릿느릿 올리고 있는 것 같았다. 수평선을 기준으로 아래는 흰빛이 도는 하늘색이었고, 위는 짙은 회색이었다. 또 그 회색의 한 층 위는 진한 붉은색이었다. 그 위쪽으로 주황색, 노란색, 흰색, 다시 옅은 회색, 하늘색……. 묘한 색채의 수채화를 뚫어져라 보고 있던 그때, 누군가가 외쳤다. 뜬다!

태양은 내가 생각한 것보다 훨씬 느리게 모습을 드러냈다. 바다가 품고 있던 해를 수면 위로 밀어내자, 붉은 태양이 어두운 회색빛 띠 속에서 서서히 떠오르기 시작했다. 태양이 수면 위에 나타나자 회색 띠는 수면 아래로 천천히 가라앉았다. 이제 태양은 금빛으로 변해 수평선 위쪽으로 붉은빛을 자아내며 바닷가를 메운 생명들의 눈동자를 감빛으로 물들였다. 그날 그 바다 위의 태양보다 더 아름다운 것은 음악의 정수 속에만 존재할 것이다.

해는 꾸준히 올라가 완전히 허공에 자리를 잡았다. 나는 태양이 넘실대는 푸른 바다 위에 만들어내는 윤슬을 감상했다. 일출이 한창이던 때의 윤슬은 매혹적인 붉은색이었는데, 낮을 향해 가는 지금은 해의 색과 같은 상아색이 되었다. 윤슬이 만들어낸, 바닷가에서 해까지 이어지는 눈부신 빛의 길은 수평선을 향해 나아가며 바다를 가르고 있었다. 나는 빛으로 난 바닷길을 말없이 바라보며 파도의 목소리를 들었다.

한 시간 정도 지나자 주변에 있던 사람들이 하나둘 자리를 뜨기 시작했다. 일출을 보고자 했던 목적을 달성한 이들 모두 기분 좋은 얼굴을 하고 있었다. 한참 후 내 주변 가까이에 아무도 남지 않았을 때, 나는 작은 기기를 꺼내 듣고 싶었던 음악을 틀었다.

언제부터인가 새해에 처음 듣는 노래를 신중히 고르는 유행이 생겼다. 나는 이곳에 오기 전부터 여기서 이 음악을 들으리라 마음먹고 있었다. 베토벤의 피아노 협주곡 5번이었다. 기기의 재생 버튼을 누르자마자 기다렸다는 듯 우렁찬 팡파르가 울려 퍼

지며 곧장 피아노가 힘찬 선언을 시작했다.

시작부터 혁신적인 이 작품은 듣는 사람의 의지를 돋우기에 충분했다. 독주 악기인 피아노가 오케스트라의 기세에 밀리지 않고 곡의 극초반부터 강렬한 존재감을 드러내며, 짧지만 화려한 독주 구간을 가지는 이 곡은 고뇌와 투쟁 그리고 승리의 서사를 가진 피아노 협주곡이다.

바다에 있으면 왠지 바다를 떠올리며 작곡한 음악을 들어야 할 것 같지만, 꼭 그럴 필요는 없다. 음악은 순간을 기억하는 가장 강력한 도구이므로 나는 기쁨과 슬픔이 밀려오고 떠나가는, 우리의 삶 같은 파도의 일렁임을 보며 이 음악을 듣기로 했다.

협주곡concerto이라는 단어의 어원은 이탈리아어 'concertare(협력하다)'로, 더 거슬러 올라가면 라틴어로 '겨루다'이다. 베토벤이 활약했던 시대를 음악사에서는 고전주의 시대라 일컫는데, 이 시기에 작곡된 협주곡들은 오케스트라가 먼저 주제를 연주하면 독주 악기가 그 선율을 반복해 연주하는 것이 보통이었다. 특히 1악장의 경우가 그렇다.

그러나 베토벤은 이 작품에서 관현악기

와 독주 악기를 처음부터 끝까지 대등하게 두면서도 함께 연주했을 때 놀라울 만큼 조화로운 주제를 부여해, 이를 통해 기존의 협주곡보다 훨씬 장대하고 풍성한 협주곡을 완성했다. "피아노 한 대에 오케스트라 소리를 담는다"는 베토벤이기에 가능했던 시도다. 실제로 하나의 주제를 뉴런처럼 끝없이 펼쳐 나가는 전개 능력은 베토벤의 전유물이었다.

또 협주곡에는 통상적으로 카덴차가 들어간다. 이 시기에 작곡된 협주곡의 카덴차는 들어가는 위치도 고정되어 있었는데, 이 작품에는 협주곡의 묘미라고 할 수 있는 카덴차가 없다. 베토벤은 악보에 대놓고 "카덴차는 필요 없다"라고 썼다. 대신 도입부와 같이 독주 악기가 화려하게 독주하는 구간을 직접 작곡했다.

이처럼 베토벤은 보수적인 빈 음악계에서 당대의 작곡 형식을 지키면서도 과감한 시도를 멈추지 않았다. 분명 그는 고전주의 음악가지만, 그의 음악은 낭만주의를 예고하고 있다. 이 피아노 협주곡 역시 피아노 협주곡의 새 지평을 연 작품으로 평가받는다. 철저한 고전주의 형식 속에서 대담하며 번쩍이는 기개와 휘황찬란한 기상을 자랑하고, 그 중심에는 유려하고 온화한 아름다움을 담았다.

　　　　이렇게 위대한 대작을 쓸 정도였다면, 그때의 베토벤은 연이은 성공으로 상당히 자신만만하고 풍족하며 여유로운 상황 속에 있었던 것일까. 오히려 그 반대다. 이 시기의 베토벤은 무려 세 명의 후원자*로부터 거금의 후원을 약속받았으나 그 약속은 이행되지 못했다. 나폴레옹의 군대가 빈으로 쳐들어와 일주일 만에 빈이 함락당했기 때문이다(참고로 이 작품의 부제 '황제'는 나폴레옹과 아무 연관이 없다. 베토벤이 직접 붙인 것도 아니고, 출판사가 악보 판매를 위해 붙인 것일 뿐이다). 세 공작은 살기 위해 빈을 탈출했고, 베토벤은 그러지 못했다.

　　　　후원금이 끊겨 생계까지 어려워진 마당에 귓병이 발병한 지도 십 년째, 쇠약해진 청력에 치명적인 포탄 소리와 군대의 행진 소리, 빈 시민들의 삶이 무너지는 끔찍한 소리가 베토벤을 미치도록 괴롭게 했다. 이 시기에 베토벤의 청력은 급격히 악화한다.

　　　　전란의 혼돈과 사라져가는 청력, 궁핍한 생활로 인한 많은 좌절에도 불구하고 베토벤은 어떻

＊　로프코비츠 공작, 킨스키 공작, 루돌프 대공.

게 이와 같은 역사적인 작품을 남길 수 있었을까. 그 실마리는 베토벤의 유서에서 찾을 수 있다. 이 시기로부터 칠 년 전, 그가 의사의 조언에 따라 하일리겐슈타트에서 요양하며 쓴 '하일리겐슈타트 유서'는 귀가 잘 들리지 않는 것에 대한 괴로움을 호소하며 시작한다. 베토벤은 이 유서에서 누군가와 교류할 때 자신의 귀가 들리지 않는다는 사실을 들킬까 전전긍긍하는 것이 비참하다고 말한다.

여기까지는 일반적인 유서와 비슷한 전개인데, 그 이후부터 글의 분위기는 마치 그의 음악처럼 달라진다. 유서의 마지막에서 베토벤은 자신의 세계를 확장해 나감과 동시에 예술을 향한 의지를 다진다.

> ······ 내 곁에 있는 누군가는 멀리서 부는 피리 소리가 들린다는데 내 귀엔 아무 소리도 들리지 않거나, 목동의 노랫소리가 그에겐 들리는데 내겐 들리지 않으면, 그게 얼마나 모욕적이었는지 몰라! 그러고 나니 절망에 빠졌단다. 하마터면 자살할 뻔했지. 오직 예술, 그것만이 나를 붙들어 주었어.

…… 어쩌면 이 상태가 나아질 수도 있지만 영영 나아지지 않을 수도 있어. 난 각오가 되어 있어.

…… 무덤 속에서도 너희에게 음악을 들려줄 수 있다면 얼마나 행복할까! 만약 그럴 수만 있다면 기꺼이 나는 죽음 앞으로 훨훨 날아가련다. 비록 내 운명은 가혹하더라도, 그것을 극복하고 예술적 소양을 다 펼칠 기회를 갖기 전에 죽음이 닥쳐온다 해도, 이대로 난 만족한다.

— 루트비히 판 베토벤

1802년 10월 6일, 하일리겐슈타트*

베토벤은 이 유서를 썼을 때 자신이 결국 아무것도 듣지 못하게 되리란 것을 예감했다. 그 미래를 내다보고도 그는 굴하지 않았다. 그에게는 무엇보다 음악을 작곡하는 것이 중요했다. 그는 하일리겐슈타트 유서를 쓴 후 십 년간 교향곡 3번 '영웅', 피아노

---

* 로맹 롤랑, 『베토벤의 생애』, 임희근 옮김, 2020, 포노. 91~96쪽.

협주곡 5번 같은 걸작들을 쏟아냈다. 노벨문학상 수상자인 로맹 롤랑*은 이 시기를 '걸작의 숲'이라고 일컬었다. 자신의 피아노 협주곡 1번부터 4번까지를 모두 직접 초연했던 베토벤은 이 5번만 귓병의 악화로 직접 연주하지 못했다. 그 대신 제자인 체르니가 초연을 맡았다.

내가 이 피아노 협주곡 5번에서 가장 좋아하는 구간은 용감무쌍한 1악장의 시작이나 담대하고 영웅적인 3악장의 피날레가 아니다. 바다 위에 막 떠오른 붉은 해와 바다가 함께 만들어내는 황홀한 붉은 윤슬 같은 2악장, 특히 2악장과 3악장을 연결하는 아타카_{attacca}** 구간이다. 이 구간에서는 과정의 아름다움이 느껴진다. 삶이 서서히 사라지는 것 같이 느슨해지다가도 이내 다음 순간으로 청자를 이끄는 이 구

---

* 베토벤 음악학자이기도 했던 그는 베토벤과 자신의 자아를 이상적으로 엮은 대하소설 『장 크리스토프』(1915 노벨문학상 수상작) 외에도 『베토벤의 생애』 『괴테와 베토벤』 등을 집필했다.
** 한 악장이 끝나고 다음 악장으로 넘어갈 때 쉬지 않고 이어서 연주하라는 뜻. 베토벤의 또 다른 대표작인 교향곡 5번 '운명' 또한 3악장과 마지막 악장인 4악장이 아타카로 연결된다.

간은 베토벤의 모든 피아노 협주곡을 통틀어 가장 아름답다.

2악장은 마치 종교음악처럼 청자를 자연스러운 명상으로 인도해 마음을 편안하게 한다. 2악장을 들으며 평화로운 바닷가의 일출을 떠올리기는 어렵지 않다. 차분한 오케스트라 위에 나긋하게 얹어진 명징한 피아노 선율은 부드럽고 선연하다. 빠르지만 서두르지 않는 트릴trill*은 새해의 첫 일출 혹은 태양이 내려앉은 바다의 붉은 윤슬처럼 반짝이며 빛난다. 깊은 감동과 울림을 주는 이 맑은 선율에는 괴팍하다고 오해받지만 투쟁하듯 삶을 살아왔을 뿐이지 사실은 누구보다 인간애가 있었던 베토벤의 자아가 담겨 있다.

영화 〈죽은 시인의 사회〉에 이 피아노 협주곡 2악장이 쓰였다. 이것은 타당한 결정이었다. 어떠한 고난에도 무언가를 이뤄내겠다는 꿈과 그 꿈을

---

* 꾸밈음의 한 종류. 꾸밈음은 하나의 음을 소리내기만 하지 않고, 다양하게 꾸며서 연주하는 기법을 말한다. 악보에서 하나의 음에 트릴 기호(tr)가 표시되어 있다면 그 음과 2도(혹은 1도) 위의 음을 빠르게 교차하며 반복해 연주하라는 뜻이다.

이뤄가는 과정을 포기하지 않는 마음, 그것을 가능하게 하는 예술을 향한 사랑, 타인의 마음을 감화시키는 한 인간의 강인한 신념. 그 모든 것이 이 피아노 협주곡에 찬란하게 아로새겨져 있으니까.

바닷가를 떠날 때쯤은 완전한 낮이었다. 해가 떠오르고 여섯 시간 정도가 지났다. 내 삶도 아마 사분의 일쯤 왔을 것이다. 나는 천천히 일어서며 앞으로 내 삶을 기쁨과 행복으로 채우고, 그 과정을 사랑하며 살겠다고 나 자신과 약속했다.

동시에 생각했다. 우리는 저 하늘의 태양과 같다. 인생에 아무리 거친 파도가 들이치더라도 그 파도는 하늘에 이미 뜬 해를 가릴 수 없고, 내일의 해가 뜨는 일을 막을 수 없다. 그러니 매일 삶을 살아가는 자신의 노력과 과정의 소중함을 잊지 않는다면, 설령 온몸이 파도에 젖어도 내가 그 위에 영원히 존재하는 태양이라는 사실에는 변함이 없다.

음악이 끝났을 때, 뺨을 긋는 듯한 매서운 추위 속에서도 심장부터 시작해 온몸이 따뜻해지는 것이 느껴졌다. 나는 한참을 더 바닷가에 서 있다가 음악과 함께 내 다짐을 바다에 띄워 보냈다.

루트비히 판 베토벤, 피아노 협주곡 5번 '황제'
L. V. Beethoven, Piano Concerto No. 5 in E flat major, Op. 73
'Emperor'

에드윈 피셔, 푸르트벵글러,
필하모니아 오케스트라(1951, Warner Classics)

이 곡을 푸르트벵글러의 지휘로 에드윈 피셔와
필하모니아 오케스트라가 연주한 버전은 서두르지 않는 웅
장함과 근엄한 기개가 대단히 '독일적'이다. 섬세함과 강렬
함이라는 상반된 매력이 혼재하는 사운드는 청자에게 완전
한 전율을 준다.

초심자에게는 레너드 번스타인의 지휘로 크리
스티안 지메르만과 빈 필하모닉 오케스트라가 연주한 버전
도 추천한다. '빈 사운드'라 불리는 빈 필하모닉의 황금빛
반짝이는 소리에 지메르만의 유려한 피아니즘과 번스타인
이 음악에 부여하는 따스한 인간미가 함께 어우러지는 연
주다.

내가 명파에서 들었던 버전은 홍석원의 지휘로
임윤찬과 광주시립교향악단이 연주한 버전이다. 임윤찬의

변화 폭 큰 음색과 개성 넘치는 해석이 광주시향이 가진 에너지와 맞물려 1, 3악장의 역동성, 2악장의 찬란한 아름다움을 극적으로 실현한다.

　　　　이 곡은 베토벤의 역작인 만큼 명반도 많다. '피아니스트들의 영원한 과제'로 불리는 베토벤 피아노 소나타 전곡 녹음을 수행한 피아니스트들, 가령 알프레트 브렌델, 루돌프 부흐빈더 등의 연주를 들어보는 것도 좋은 선택이다.

2. 타오르는 불꽃처럼

잃어버린 열정을 찾아서

라흐마니노프, 피아노 협주곡 3번

　　　　살다 보면 아무리 불같은 열정도 때로는 사그라들곤 한다. 그럴 때마다 나는 한 피아니스트의 연주를 찾아 듣는다. 그는 모든 연주에 죽을 힘을 다하는, 음악에 헌신적인 연주자다. 음악을 현실에 구현하기 위해 몸이 부서져라 스스로를 불태우는 그의 연주를 듣고 나면 내 몸과 정신도 덩달아 열기와 영감으로 가득 차고, 가슴은 터질 듯이 두근거린다. 꿈을 상기하는 것은 물론이고 오히려 이전보다 더 갈망하게 된다.

　　　　2022년 6월 19일, 오전 아홉 시 반쯤. 나는 내 방 침대 위에 앉아 있었다. 푹신한 베개를 힘주어 꽉 끌어안으며 잔뜩 긴장한 얼굴로 모니터에 시선을 고정하고 있었다. 얼마나 긴장했던지 온몸이 바짝 굳은 채였다. 조마조마한 마음으로 마린 올솝이 그의 이름을 불러주기만을 애타게 기다렸다. 단상 위의 올솝은 호명하기 직전, 감정이 북받쳤는지 잠시 말을 멈추었다. 드디어 그가 기쁘게 꺼낸 이름은 내가 그토록 간절히 원했던 바로 그 이름이었다.

"The 16th Van Cliburn International Piano Competition is ……, Yun-chan, Lim.(제 16회 반 클라이번 국제 피아노 콩쿠르 우승자는 ……, 임윤찬입니다)."

나는 거의 비명을 지르다시피 환호하며 자리를 박차고 일어섰다. 감격으로 터져나온 눈물이 뺨 위로 툭 떨어졌다. 화면 안의 청중들과 함께 그에게 뜨거운 박수를 보내면서 자꾸 젖는 눈가를 연신 비벼 닦아야 했다.

미리 밝혀두지만, 나는 피아니스트 임윤찬과 개인적인 친분이 전혀 없다. 대화라고는 그가 반 클라이번 콩쿠르에서 우승하기 전에 그의 국내 공연 홍보차 진행했던 인터뷰와 촬영을 통해 한 시간여 나누었던 공적인 대화가 전부다.

그의 실연은 여러 번 보았다. 연주를 처음 실제로 들은 것은 그가 열여섯 살에 열었던 비공개 리사이틀에서였다. 공개로 진행할 예정이었던 공연이 코로나 탓에 소규모 비공개로 전환되었는데, 당시 나는 클래식 음악 담당 기자였기 때문에 초대받을 수 있었다.

장소는 명동성당 파밀리아 채플이었다. 두근거리는 가슴을 안고 객석에 앉아 공연이 시작하기를 기다렸다. 이윽고 무대 위에 등장한 피아니스트는 다소 경직된 얼굴의 소년이었다. 그는 마치 목각 인형이 걷는 듯한 어색한 걸음걸이로 피아노 앞에 터벅터벅 걸어가 섰다. 소규모 관객들의 소박한 박수를 받고, 의자에 앉은 어린 피아니스트는 곧 첫 곡을 연주하기 시작했다.

그날 임윤찬은 베토벤의 7개의 바가텔 bagatelle*과 피아노 소나타 14번 '월광', 리스트의《순례의 해》2권 '이탈리아' 중 〈페트라르카의 소네트〉 47번, 104번, 123번과 〈헝가리 광시곡〉을 연주했다. 앙코르 역시 리스트의 곡이었는데, 그 곡은 파가니니

---

* 본래 뜻은 '하찮은 것' 또는 '사소한 것'. 피아노를 위해 작곡된 가벼운 소품곡을 가리킨다. 베토벤이 쓴 바가텔 작품 중 가장 유명한 것이 바로 '엘리제를 위하여'.

의 곡을 리스트가 피아노 버전으로 편곡한 〈라 캄파넬라〉였다.

거의 두 시간 동안, 내가 몇 번이나 고개를 절레절레 저으며 혀를 내둘렀는지 셀 수 없다. 그날 그의 연주는 세 가지로 요약할 수 있다. 독창적인 해석, 독특한 음색, 대담함. 음악을 대하는 그의 태도는 더없이 진지했으며 음과 음 사이까지 꽉 채운 연주는 저돌적이었다. 고전미와 낭만성을 두루 표현할 수 있는 폭넓은 음색 또한 감탄스러웠다. 그는 치열한 연습을 통해 치밀하게 설계한 음악을 오히려 무대 위에서는 본능적으로 연주하고 있었다.

무엇보다도, 그는 열정적이었다. 그의 연주에서는 자신의 개성을 지키고자 하는 강한 의지와 더불어 음악을 향해 활활 타는 뜨거운 열정이 엿보였다. 아직 본격적으로 피아노를 배운 지 십 년도 채 되지 않은 이 젊은 피아니스트의 연주에 담긴 확고한 신념과 열정은 나의 뇌리에 깊게 박혔다. 음악을 능가하는 무언가가 그의 영혼을 강타하지 않는 이상, 그가 앞으로 어떤 곡을 연주하든 지금과 같은 새로운 경이를 내게 선사할 것이라고 감히 확신할 수 있었다.

공연이 끝나고 며칠 후, 그 공연의 리뷰 기사를 쓰기 위해 그의 스승인 피아니스트 손민수에게 제자에 관한 짧은 질문을 보냈다. 그때 그가 보내왔던 답변은 마치 그날 연주에서 내가 느꼈던 무수한 감정을 요약한 것 같았다. 그 답변의 일부를 여기에 덧붙인다.

음악에는 시간과 경험이 필요합니다. 그렇지만 윤찬이를 보며 순수하게 음악에 모아진 마음이 얼마나 큰 기적들을 만들어내는지 새삼 깨닫게 됩니다.

명동성당 공연 일 년 후에 임윤찬을 인터뷰할 기회가 있었다. 그는 대부분의 질문에 짧은 문장으로 답했는데, 한 시간여의 대화를 통해 그가 내게 보여준 것은 자신이 가진 무한한 가능성의 표상이었다. 그의 음악관은 '음악에의 헌신'을 기조로 하고 있었다. 재능, 성실성, 신념 그리고 음악을 향한 숭고하고 순수한 사랑. 그는 위대한 음악가가 되기 위해 필요한 모든 것을 갖춘 피아니스트였다.

임윤찬이 반 클라이번 콩쿠르에서 우승

한 후로는 한 번도 그의 공연을 실연으로 보지 못했지만(이제 그의 공연 표를 구하기란 하늘의 별 따기다), 나는 그가 반 클라이번 콩쿠르 참가를 위해 미국으로 출국하기 전까지 약 일 년 반 동안 그의 공연을 열심히 보러 다녔다. 그 공연들이 얼마나 대단했는지 쓰기에는 지면이 너무나 부족하다. 그 대신 어느 늦은 밤에 그의 연주를 감상한 후 적어 내려갔던 메모의 일부만을 인용할 수 있을 것 같다.

> 그의 연주를 들을 때마다 나는 무언가에 대한 순수한 열정만으로 저렇게 최선을 다해본 적이 있었나, 한 줌의 힘도 아끼지 않고 쏟아부은 적이 있었나 자문하고 반성하게 된다.

임윤찬이 제16회 반 클라이번 콩쿠르에 참가한다는 사실은 그가 본선에 모습을 드러내기 몇 달 전부터 이미 음악계에 알음알음 알려져 있었다. 그 소식을 들은 나는 그가 우승할 것이라고 믿었고, 우승을 넘어 지금까지 내가 국내 여러 공연에서 목격했던 기적을 세계에 보여주리란 것도 의심치 않았다. 그의 무대를 본선부터 결승까지 실시간으로 챙겨 보았는데, 언제 무슨 일이 벌어질지 모르는 콩쿠르의 특성 탓에 연주마다 가슴을 졸이며 두 손을 꼭 붙들고 화면 너머의 피아니스트를 응원했던 기억이 생생하다.

그의 이번 콩쿠르 무대 중 역사에 길이 남을 명연으로 꼽히는 무대가 있다. 그 무대는 그의 두 번째 파이널 무대의 라흐마니노프 피아노 협주곡 3번 연주인데, 나 역시도 명연이라고 생각한다. 정작 임윤찬 본인은 연습했던 것의 삼십 퍼센트밖에 보여주지 못했다고 말했지만, 그가 보여준 그 삼십 퍼센트 안에 음악의 경이는 또렷하게 존재했다.

라흐마니노프의 피아노 협주곡 3번은 피아노 협주곡 중에서도 기술적으로 어렵기로 악명이 높다. 라흐마니노프는 작곡가 활동만으로는 생계를 유지할 수 없어 피아니스트로서도 연주회를 해야 했기에, 곡을 쓸 때 자신이 연주할 것을 염두에 두었다. 그런데 그는 키가 워낙 큰 데다(그의 키는 이 미터에 가까웠다) 손도 다른 사람에 비해 두 배 이상 길고 두꺼웠고, 피아노 연주에 있어 탁월한 기술력을 가지고 있었다. 따라서 그의 작품은 고난도의 기교를 포함할 수밖에 없었다. 이것은 라흐마니노프 특유의 강렬하고 야성적인 다이내믹과 황홀감을 초래하는 극치의 낭만성, 이 두 가지와 더불어 라흐마니노프 피아노 협주곡의 특징이 되었다.

이 곡이 요구하는 연주 기술이 인간의 한계를 시험하는 것은 사실이지만 그렇다고 해서 이 곡의 본질이 '어렵고 현란한 기교'인 것은 아니다. 손민수의 스승인 러셀 셔먼 교수가 말했듯이, 사람들은 기교의 개념을 잘못 이해하고 있다. 다들 피아노 기교가 연주의 핵심이라고 생각하지만, 사실은 그렇지 않다. 피아노 작품에서 기교란 작품을 탄탄하게 받쳐주는 도구에 불과할 뿐, 기교보다 중요한 것은 서사와 서사에서 드러나는 서정, 열정, 환희의 아름다움이다.

말러의 심오함을 사랑하는 사람들에게 어쩌면 라흐마니노프는 너무 유치할지도 모른다. 서사도 감정도 너무 직접적이라 느낄 수 있다. 그러나 나는 이것이야말로 라흐마니노프의 음악이 위대한 이유라고 늘 생각한다. 직접적인 서사와 감정에 모두가 공감할 수 있도록 하고, 그로써 그들을 변화시키는 것. 그것은 결코 쉬운 일이 아니다.

라흐마니노프는 어린 시절부터 마음에

그늘을 두고 살았다. 그는 유복하게 자랐지만 부모의 불화 탓에 자신이 불행하다고 생각했다. 라흐마니노프의 음악에 내재된 어두운 분위기는 이러한 그의 우울한 성향에서 기인한다.

　　그런데도 그의 음악에는 언제나 아름다운 서정성이 있다. 흔히 러시아적 낭만이나 스승인 차이콥스키의 영향이라는 표현으로 요약되는 이 서정성은 그에게 주변 사람들의 사랑이 자연스럽게 배어든 덕분이다.

　　라흐마니노프의 스승 즈베레프는 엄격하지만 인자한 인물로, 제자들을 그의 집에서 먹고 쉬며 지내게 해주는 등 물심양면으로 지원을 아끼지 않았다. 훗날 라흐마니노프가 즈베레프와 불화를 겪었을 때는 라흐마니노프의 고모 가족이 그를 따뜻하게 보살펴주었고, 그가 교향곡 1번의 실패로 좌절해 삼사 년간 작곡을 전혀 하지 못하며 괴로워할 때는 니콜라이 달 박사가 그의 정신과 치료를 맡았다. 달 박사에게 치료받으며 증세가 호전된 라흐마니노프는 오늘날 세계에서 가장 유명한 피아노 협주곡 2번을 작곡할 수 있었고, 이 곡은 초연부터 대성공을 거두었다. 화려하게 재기한 그는 이 작품을 달 박사에게 헌정했다. 그 후에 안정적인 환경에서 작곡한 피아노 협주곡 3번은 라흐마니노프의 절친한 친구이자 그를 진심으로 존경하고 사랑해주었던 피아니스트 요제프 호프만에게 헌정했다.

　　　이처럼 라흐마니노프 음악의 기반이 되는 절망과 부활의 서사에는 그의 안에 살아 있는 열정과 그 열정의 불씨를 누군가 계속 곁에서 지펴주었던 경험이 자리 잡고 있다. 그래서 라흐마니노프의 음악은 곧 불꽃이다. 그 인생을 지탱한 그 불꽃은 어둠 속에서도 찬란하게 타올라 이내 그곳이 어디든 그곳을 아름답게 채색하며 빛의 천국으로 만든다.

　　　임윤찬의 이 작품 연주에서, 피아노의 첫 등장은 처연하고 쓸쓸하다. 라흐마니노프의 내면에 침잠된 깊은 어둠은 피아니스트의 담담한 음색에 의해 과거로부터 현재로 소환된다. 그가 가장 진귀한 보석을 세공하듯 심혈을 기울여 윤색한 변화무쌍한 음색은 라흐마니노프의 우울을 꺼낼 때는 어둡고 무겁게, 서정성을 드러낼 때는 환하고 아름답게, 뜨거운 열정을 터뜨릴 때는 화산의 붉은 용암처럼 폭발한다. 1악장과 2악장이 전개되는 동안 다채로운 피아노 소리는 마치 물감처럼 라흐마니노프의 삶의 장면들을 다양한 색상으로 그려낸다.

이 작품의 3악장은 그야말로 감동의 대명사다. 특히 마지막, 최후의 삼 분에 감동하지 않을 사람은 없다. 열 손가락을 모두 사용해 천둥 같은 굉음을 내는 화음으로 시작해 고음부에서 저음부로 하강했다가 곧장 반대 방향으로 상승하며 일어서는 피아노는 관현악과 합세하며 하나가 되어 부활하는 듯하다. 피아노와 오케스트라는 서로 화답하며 점차 음악의 양감을 키워나가고, 태양의 빛이 구름 사이로 나오듯 오케스트라 소리 사이 피아노 소리가 결합하고, 마침내 피아노와 오케스트라의 사운드는 별이 폭발하듯 찬란한 빛을 낸다.

클래식 음악을 전혀 몰라도, 이렇게 그 연주의 대단한 지점을 짚지 않더라도 임윤찬의 연주를 한 번만 들어보면 누구나 알 수 있다. 이 피아니스트가 한 음 한 음에 영혼을 담아서 진심으로 연주하고 있다는 사실을. 열정을 연료 삼아 불타오르는 피아니스트의 절실함, 결국 기적을 이루어 내는 서사, 그 과정을 목격할 때 느끼는 경이로움이 우리를 이 음악에 열광하게 만들고, 아름다운 순간을 체험하게 한다. 그가 건반에 붙인 불은 우리의 가슴에 옮겨붙어 벅차게 하고, 눈가가 젖어들게 만든다.

마지막으로 어떤 절망에도 지금처럼 부활할 것이라고 예고하는 라흐마니노프를 대변하듯 한 치의 망설임 없이 질주하던 피아니스트와 오케스트라가 음악의 끝에서 두 손을 하늘을 향해 던져 올리는 순간, 우리는 그 자리에 함께 있는 관객들과 같이 감격의 환호성을 터뜨릴 수밖에 없다.

피아노 협주곡 3번은 라흐마니노프가 피아노 협주곡 2번으로 성공을 거두고 난 후에야 과거의 힘들었던 시간을 돌이켜보며 작곡할 수 있었던 작품으로, 한 인간의 열정적이고 낭만적인 삶의 증거다. 삶의 수많은 고비 속에서도 다시 일어선 불굴의 서사가 읽히는 위대한 음악을 들을 때마다, 그 걸작을 연주하는 피아니스트의 헌신을 목격할 때마다, 나는 다시금 타오르는 열정으로 무언가를 이루고 싶다는 열망에 사로잡히게 된다. 수없이 들었는데도, 그의 연주를 들을 때마다 내 가슴 속에 잠시 가라앉아 있던 열정은 다시금 뜨겁게 불타오른다. 고된 삶을 버티다 잃

어버린 무언가를 되찾고 싶은 누군가가 있다면, 한 번
이라도 그의 연주를 들어보았으면 하는 것이 언제나
나의 바람이다.

세르게이 라흐마니노프, 피아노 협주곡 3번
S. Rachmaninoff, Piano Concerto No. 3 in D minor, Op. 30

임윤찬, 마린 올솝,
포트워스 심포니 오케스트라(2022)

혁신적인 피아니스트의 음악을 향한 헌신과 열정이 이루는 기적을 보여주는 연주. 역사상 최고난도의 협주곡이 요구하는 기술들을 완벽하게 소화할 뿐만 아니라 그 안에서 음색을 자유자재로 바꾸어 나간다. 곡에서 폭발적인 힘이 필요할 때마다 임윤찬 특유의 압도적인 에너지가 발휘된다. 음악에 완전히 몰입한 그가 오케스트라와 대화하듯 또는 자기 자신과 대화하듯 무의식적으로 보이는 제스처 또한 이 연주의 묘미다.

오케스트라는 초반엔 불안하게 움직이지만 1악장에서 연주자에 동화된 후 1악장 중반부터 달라지기 시작해 2악장에서부터는 확실히 선명해진 소리를 들려준다. 3악장에서는 같은 오케스트라라고 믿기지 않을 만큼 집중력과 호흡 측면에서 놀라운 변화를 보인다. 흔들리고 있던 오케스트라가 솔리스트를 믿고 그와 하나가 되면 하나의 곡 안에서도 음악이 얼마나 놀랍도록 변화할 수 있는지에 집중하며 감상해보는 것도 좋은 방법이다.

3. 나는 저 별처럼

기적적인 사람

삶이 무의미하게 느껴지는 당신에게

생상스, 교향곡 3번 '오르간'

앙리 보스코는 말했다.

"살고 있다는 사실에 별로 경탄하지들 않는 것 같애."

내가 처음 별을 보러 간 것은, '별만 보러' 어딘가에 간 것은 서른이 되어서였다. 그때 처음으로 태어나서 누군가에게 "별 보러 갈래?"라는 말을 해봤다. 세상에서 가장 소중하고 사랑하는 내 동생에게 건넨 제안에, 동생은 흔쾌히 그러마 해주었다.

그날 우리 자매는 어느 동네 공터에 차를 세우고 두껍게 쌓인 하얀 눈 위에 누워 밤하늘의 별들을 감상했다. 그 경험은 내가 즐겨하는 산책이나 음악 감상과 독서, 영화 관람에서는 단 한 번도 얻지 못했던 새로운 종류의 감동을 주었다. 그 후로 나는 내게 새로운 영감이 필요한 때가 오면 가끔 혼자 별을 보러 갔다.

며칠 전에는 모처럼 마음을 먹고 강원도

로 갔다. 청정한 강원도에는 별을 보기 좋다고 소문난 곳이 많다. 영월의 별마로 천문대, 횡성의 태기산, 정선의 육백마지기와 타임캡슐공원, 강릉의 안반데기……. 나는 그곳들을 제쳐 두고 미시령으로 갔다. 터널을 낸 도로인 미시령 새길말고 옛길로 올라가면 깜짝 놀랄 만큼 무수한 별들을 볼 수 있다는 이야기를 듣기도 했고, 무엇보다 그곳에 가장 사람이 없을 것 같았다.

가로등이나 방향 표시등도 없이 온통 암흑인 구불구불한 도로를 시속 이십 킬로미터 속도로 기다시피 올라갔다. 내 마음은 그런 가벼운 난관쯤은 덮어버리는 설레는 기대감으로 계속 들떠 있었다. 오르는 길에 산양까지 마주쳤던 일은 지금 생각해도 웃음이 난다.

월요일에서 화요일로 넘어가는 겨울의 새벽. 운전하는 동안 오가는 차는 한 대도 없었다. 차로 갈 수 있는 곳까지 망설이지 않고 가다가 차에서 내린 것은 옛길의 시작점에서 출발한 지 삼사십 분정도 후였다. 내리자마자 마주한 맑은 공기는 정신이 번쩍 들 만큼 차가웠다. 외투를 움켜쥐면서 '기대만큼 별이 많이 보이지 않으면 실망할 것 같은데'라고 생각했다. 찰나의 염려를 안고 걱정스러운 눈으로 밤하늘을 올려다본 나는 고개를 든 동시에, 눈앞에 펼쳐진 믿기 힘든 광경에 순간 정지해 버렸다.

숨이 멎을 것 같았다. 내 눈에 보인 장면은 감동의 임계치를 넘어선 것이었다. 새까만 밤하늘 안에서 찬란하게 반짝이는 수백 개의 별빛이 폭포처럼 쏟아져 나를 덮쳤다. 가슴이 벅찰 만큼 경이로운 아름다움이었다. 누구나 찬탄할 만한 광경이었다. 신비로운 별들의 향연에 몸과 마음이 순식간에 정화되는 것이 느껴졌다.

나는 빼곡한 별들을 보면서 우주의 거대함을 실감했다. 그 실감 속에서 '나는 역시 우주의 먼지에 불과하다'라거나 '나는 하찮은 존재'라는 생각은 할 수 없었다. 그보다는 내가 이렇게 위대하고 아름다운 우주의 일부라는 사실에 자부심과 긍지가 느껴졌다. 별들을 한참 응시하며 시간이 멈춘 것 같은 착각에 빠진 채 내 존재의 가치를, 삶의 의의를 다시금 생각하게 되었다.

우리는 타인에게 지대한 영향을 미치는 위대한 삶을 너무 많이 보고 있다. 그래서 그런 삶이 아닌 다른 삶은 무의미한 것처럼 느끼게끔 되어버린 것 같다. 의미 있는 삶은 이러한 것이라고 여기저기서 들려오는 이야기가 너무 많으니 그런 삶들과 내 삶을 비교하게 된다. 나 자신이 정말 의미 있게 살고 있는지 스스로를 너무 쉽게 의심한다. 무언가 남들에게 보여줄 만한 성과를 이루지 못하는 삶은 무가치하다고 판단해 버리고, 자괴감에 빠지며 무기력함을 느낀다.

그런데 내가 별을 통해 느낀 것은 우리 삶의 의미가 성과가 아닌 존재 자체에 있다는 것이다. 나라는 존재는 그 자체로 저 별처럼 기적이고, 저 별처럼 의미 있다. 그러니 세상에 무의미한 삶은 없다. 살다 보면 내가 통제할 수 없는 고난 때문에 잠시 고통이나 무기력을 느낄 수 있겠지만, 내가 내 존재의 가치를 잊지 않는다면 그 고통과 무기력은 영원할 수 없다.

나는 별을 보며 그곳에 한 시간 정도 머물렀다. 지금 보고 있는 것들을 잊지 않고 싶은 마음으로 음악을 들었다. 슈만의 《환상소곡집》 1번 '저녁', 바버의 〈현을 위한 아다지오〉, 마스카니의 오페라 《카발레리아 루스티카나》 전주곡에 이어 마지막으로 선택한 음악은 생상스의 교향곡 3번 '오르간'이었다.

생상스의 이 곡은 누군가 내게 가장 좋아하는 교향곡을 말해보라고 하면 언제나 망설임 없이 고르는 작품이다. 들을 때마다 저항 없이 눈물이 날 정도로 감동적인 이 곡은 저 별빛을 더욱 영롱하고 반짝이게 보이도록 하는, 지금 이 순간에 더없이 완벽한 마지막 음악이었다.

흔히 생상스를 《동물의 사육제》 작곡가로 알고 있다. 하지만 그의 대표작이 《동물의 사육제》, 그중 특히 〈백조〉뿐인 것은 내가 다 억울하다. 피겨선수 김연아의 쇼트 프로그램으로 한국인들에게 더 친숙한 교향시 〈죽음의 무도〉, 관능적인 오페라 《삼손과 데릴라》, 바이올리니스트들의 레퍼토리에 필히 들어가는 〈서주와 론도 카프리치오소〉 등도 그의 대표작이다. 하지만 내가 생각하기에 이 음악들 모두 그의 진정한 대표작은 아니다. 교향곡 3번 '오르간'이야말로 생상스 평생 최고의 걸작이며 프랑스 교향악의 상징이다.

클래식 음악의 대다수 장르에 걸쳐 150여 곡에 달하는 작품을 남긴 다작가 생상스 자신도 이 오르간 교향곡을 자신의 최고 작품으로 꼽았다. 그 스스로 "이 곡에 나의 모든 것을 쏟아부었다. 다시는 이런 곡을 쓸 수 없을 것"이라고 말했을 정도다. 생상스의 음악 작곡 능력이 최고점에 달했을 때 완성된 이 작품은 그의 기존 작품들처럼 순수하고 명료한 동시에 프랑스 음악다운 색채감이 풍부하다.

'천재 음악가'라고 하면 보통 모차르트를 떠올리지만, 사실 생상스야말로 모차르트를 능가하는 천재였다. 그는 세 살 전에 글을 읽고 썼는데, 처음 피아노를 치면서 선율을 만든 것은 두 살 반 무렵이었다고 한다. 다섯 살 때 첫 무대를 가진 그는 베토벤의 피아노 협주곡을 협연했다. 이후 열 살에 정식으로 데뷔했을 때는 모차르트의 피아노 협주곡을 연주한 후 앙코르로 베토벤의 피아노 소나타 전체 32곡 중 아무 곡이나 연주하겠다고 해 숨길 수 없는 비범함을 보여주었다. 생상스는 역사상 최초로 모차르트 피아노 협주곡 전곡 연주회를 가진 피아니스트이기도 하다.

그런 그가 가장 사랑한 악기는 오르간이었다. 이 천재 음악가는 열세 살의 나이로 파리음악원 오르간과에 입학해 작곡을 배우기 시작했다. 성 마리아 교회당의 오르가니스트가 된 지 오 년 만인 열여섯 살에는 마들렌 교회의 전속 오르가니스트가 되었다. 당시 파리 상류 사회 교류의 중심지 중 하나였던 마들렌 교회의 오르가니스트가 된다는 것은 곧 그가 파리 최고의 오르간 주자라는 증명과 같았다. 이것만 보아도 그의 오르간 사랑에 필적하는 연주 실력이 얼마나 대단했는지 알 수 있다. 당대 최고의 피아니스트였던 리스트가 생상스의 오르간 연주를 듣고 "생상스야말로 세계 최고의 오르가니스트"라고 극찬한 일화 또한 유명하다.

생상스는 마들렌 교회에서 이십 년간 오르가니스트로 활약하며 작곡을 계속했다. 한 가지 특이한 점은, 그가 오르간을 그렇게 사랑하는데도 오르간을 사용하는 곡은 거의 작곡하지 않았다는 점이다. 오르간을 최고의 악기라고 자부해 오르간을 위한 작품을 숱하게 남겼던 바흐와는 상반되는 행적이다.

어쩌면 그는 오르간 안에서 느꼈던 자유를 잃고 싶지 않았던 것인지도 모른다. 생상스는 아카데믹한(논리적이며 관념적인) 작풍을 가지고 있는 작곡가였다. 후기 낭만주의 시대의 작곡가였지만, 작품의 형식만큼은 고전적으로 엄격하게 지켰다. 반면 생상스는 오르간을 연주할 때만큼은 즉흥 연주도 즐겼다고 한다. 다시 말해 오르간은 그에게 그의 솔직한 내면을 모두 펼쳐 보일 수 있는 탈출구였다.

생상스는 일찍이 작곡을 시작했지만, 걸출한 명작들은 대부분 마흔에 가까워서야 발표했다. 그리고 스스로 자신의 작곡 능력이 정점에 달했다고 판단했을 때, 오르간을 위한 교향곡을 발표했다. 일찍이 십 대 시절부터 구상했고, 첫 번째 교향곡을 발표하기 전에 완성했던 이 곡을 십오 년간의 수정을 거쳐 자신의 지휘로 초연했다. 그의 나이 51세 때의 일이다. 그리고 이 오르간 교향곡은 86세에 사망한 생상스의 마지막 교향곡이 되었다.

생상스는 다방면에 재능을 가지고 있었다. 음악뿐만 아니라 그림과 수학 실력도 뛰어났으며 철학과 고고학에도 조예가 깊었다. 그의 작품은 풍성한 음향이 더해질 때 더욱 매력적인데, 그 이유로는 그가 고대 악기와 음향학 연구에도 매진했던 일을 꼽을 수 있다. 음악 비평, 시집, 희곡까지 쓴 생상스는 글을 쓰는 능력도 뛰어났다. 철학적인 책 『문제와 미스터리』(그는 실존주의자였다)를 집필하기도 했던 그는 과학에도 관심이 많았다. 식물학, 지질학과 같은 지구과학과 천체물리학에도 지대한 흥미를 보였으며, 프랑스 천문학회 회원이기도 했다.

그래서 이 작품에는 생상스가 가지고 있는 오르가니스트이자 작곡가로서의 경험, 다분야에 걸친 투철한 연구와 이를 통해 얻은 폭 넓고 깊이 있는 지식이 압축되어 있다. 이 작품의 이야기 구조는 음악의 흐름과 맥락을 같이 한다. 어둡고 무거운 음계로 시작해, 우주의 신비를 체험하듯 명상적이고 아름다운 구간을 지나, 밝고 명쾌하게 깨달음의 환희로 질주하며 장렬한 피날레로 끝을 맺는다.

오르간은 기원전 240년경에 처음 사용된 악기로 현존하는 단일 악기 중 악기 구조가 가장 복잡한 악기다. 발음 원리상 관악기에 속하는 오르간의 최고 매력은 단연 무한한 개수의 음들이 펼치는 소리의 잔향이다. 이 작품의 가장 위대한 음악적 요소는 바로 '어우러짐'에 있다. 단순히 화음의 문제가 아니다. 생상스는 이 작품의 악기 소리와 주제 선율을 바흐처럼 촘촘하게 직조하는 동시에 오르간의 최고 장점인 잔향을 십분 활용해, 이 작품에 별빛 가득한 밤

하늘과 같은 신비로움을 더했다.

　　　작품에서 오르간은 때로 현악기의 느리고 명상적인 주제를 엄숙하게 받쳐준다. 이 작품을 실연으로 들었을 때, 오르간의 소리는 마치 하나의 거대한 우주처럼 오케스트라를 감싸고 있고, 그 안에서 오케스트라의 소리가 바람처럼 자유롭게 불고 있다는 느낌을 받았다. 오르간의 잔향이 숭고한 분위기를 자아낼 때 관현악기는 그 안에서 평온하고 부드럽게 움직이며, 명상에 빠진 청자를 환상적인 감각 속으로 이끈다. 특히 1악장 클라이맥스의 화음은 온몸에 전율을 일으킬 정도로 황홀하다. 이 클라이맥스에서 무수한 음표들이 쏟아져 내리는 것을 느끼며 별빛으로 된 폭포수가 펼쳐지는 밤하늘을 보면 누구나 형언할 수 없는 감정을 느낄 것이다.

　　　그러다 피날레에 이르면, 오르간은 열정적으로 휘몰아친다. 속이 다 후련할 만큼 강렬하고 박진감 넘치는 질주를 앞서서 이끌고, 관악기의 팡파르와 엮이면서 장대한 대서사를 완성한다. 오르간이 음악의 마지막을 선언할 때, 이 악기는 세상과 공명하듯 수천 개의 파이프 속으로 이 우주를 떠돌다온 바람을 관통시킨다. 이 곡이 끝나고도 울림의 여운이 쉽사리 떠나지 않는 이유다.

　　　그날, 음악과 함께 어우러진 무수한 별의 파노라마는 내게 끝없는 영감을 주었다. 우리가 삶으로 남긴 흔적은 저 하늘에서 반짝이는 별과 같다. 별이 낮에 보이지 않는다고 해서 그 자리에 별이 없는 것은 아니듯, 내가 어디에서 무엇을 하든 나의 삶과 나의 우주는 찬란해지고 있다. 이 세상을 살아가는 일이 때로는 힘겨울 때가 있겠지만, 삶의 어느 고통스런 요소도 나 자신의 찬란함을 가리지는 못할 것이다. 그렇게 우리는 탄생부터 죽음까지 어느 한 순간도 무의미하지 않다.

카미유 생상스, 교향곡 3번 '오르간'
C. Saint-Saens, Symphony No. 3 in C minor, Op. 78 'Organ'

샤를 뮌슈, 보스턴 심포니 오케스트라(1959, RCA)

모든 연주가 그렇지만 이 작품은 특히 실연 감상을 추천하고 싶다. 다른 악기들과 달리 오르간은 콘서트홀을 울림통으로 쓰는 악기이기 때문에, 현장에서 들었을 때의 감동이 이루 말할 수 없다. 오르간이 포함된 작품은 녹음도 쉽지 않다. 다른 악기들과 오르간의 잔향 차이가 커서 자칫하면 오케스트라의 소리가 뭉개지고 엉키는 듯 들릴 수 있기 때문이다. 그래서 이 작품은 오르간과 관현악부를 각각 따로 녹음해 스튜디오에서 믹싱하는 경우가 적지 않다.

이러한 난관이 있음에도 역시 명반은 존재한다. 샤를 뮌슈의 지휘로 보스턴 심포니 오케스트라가 연주한 이 버전은 미국의 콘서트홀 가운데에서도 음향이 뛰어나기로 손꼽히는 보스턴 심포니 홀에서 이틀간 녹음되었다. 푸르트벵글러에게서 지휘를 배운 뮌슈의 지휘 스타일은 선율의 선이 굵은 것이 매력이고, 소리가 춤을 추는 듯 유려한 구간에서도 그 노래가 과하지 않도록 절제하는 느낌이 든다. 몰아붙이는 구간에서는 미적지근함 없이 명쾌하다. 동시에 프랑스 태생답게 프랑스 음악 특유의 색채감을 놓치지 않는다. 이러한 장점은 명상적 주제에서 오르간과 현악기군의 조화를 완벽한 밀도로 조절하는 것을 비롯해 곡 전반의 잔향을 살리는 데 십분 활용되었다. 특히 미국 오케스트라 특유의 극적인 폭발을 적재적소에 활용해 음악이 가진 영화적 매력을 극대화하는 실력은 가히 신의 경지다.

이 책을 쓰고서야 책 한 권을 완성하는데 얼마나 많은 시간과 도움이 필요한지 알게 되었습니다. 지난한 과정을 처음부터 끝까지 함께해주신 전지영 편집자님께 감사드립니다. 편집자님이 아니었다면 이 책은 결코 완성되지 못했을 것입니다.

항상 따뜻하게 응원해주시는 저의 롤모델 박경은 부장님과 사랑스러운 후배들, 네 명의 친구들에게도 감사의 마음을 전합니다. 『올댓아트』는 앞으로도 언제나 제 글의 정원입니다.

사랑하는 윤정, 재안, 정인에게 이 책을 바칩니다. 이 세상에서 가장 소중한 세 사람에게 다시 태어나도 가족이 되어달라고 말하고 싶습니다.

함께 듣기
좋은 음악

1부. 위로 | 나를 위로해줘

---

1. 나를 위로해줘

＊프레데리크 쇼팽, 녹턴 2번
F. Chopin, Nocturnes, Op. 9 – No. 2 in E flat
major

2. 비정상은 없다

＊표트르 일리치 차이콥스키, 피아노 협주곡 1번
P. I. Tchaikovsky, Piano Concerto No. 1 in B
flat minor, Op. 23

＊표트르 일리치 차이콥스키, 〈피렌체의 추억〉
P. I. Tchaikovsky, 〈Souvenir de Florence〉, Op.
70

＊표트르 일리치 차이콥스키, 교향곡 5번
P. I. Tchaikovsky, Symphony No. 5 in E minor,
Op. 64

3. 밤의 파반느

＊모리스 라벨, 〈볼레로〉
M. Ravel, 〈Bolero〉, M. 81
＊모리스 라벨, 〈물의 유희〉
M. Ravel, 〈Jeux D'eau〉, M. 30

4. 죽음이 우리를 갈라놓아도, 당신의 영혼은 영
원히 이곳에

＊루트비히 판 베토벤, 현악사중주 16번
L. V. Beethoven, String Quartet No. 16 in F
major, Op. 135
＊루트비히 판 베토벤, 교향곡 9번 '합창'
L. V. Beethoven, Symphony No. 9 in D minor,
Op. 125 'Choral'

1. 첫사랑의 아지랑이

* 프레데리크 쇼팽, 피아노 협주곡 1번

F. Chopin, Piano Concerto No. 1 in E minor, Op. 11

* 프레데리크 쇼팽, 《12개의 에튀드》 중 3번 '슬픔 (이별의 곡)'

F. Chopin, 《12 Etude》 Op. 10 - No. 3 in E major 'Tristesse'

2. 그 모든 아픔에도 불구하고 다시, 사랑

* 로베르트 슈만, 《미르테의 꽃》 중 1번 〈헌정〉 (프란츠 리스트 편곡)

R. Schumann, 《Myrthen》, Op. 25 - No. 1 〈Widmung〉 (Arr. F. Liszt, S. 566)

* 요하네스 브람스, 간주곡 2번

J. Brahms, Intermezzo No. 2 in A major, Op. 118

3. 억만금을 주어도 바꿀 수 없는 사랑이 있다면

＊안토닌 드보르자크,《유모레스크》중 7번
A. Dvořák,《Humoresque》, Op. 101 – No. 7 in
G flat major
＊안토닌 드보르자크, 교향곡 9번 '신세계로부터'
A. Dvořák, Symphony No. 9, Op. 95, B. 178
'From the New World'

4. 사랑하는 나의 후배들에게, 클라라를 보냅니다

＊클라라 비크 슈만,〈스케르초〉1번
C. J. Wieck-Schumann, Scherzo No. 1 in D
minor, Op. 10
＊클라라 비크 슈만, 피아노 삼중주
C. J. Wieck-Schumann, Piano Trio in G minor,
Op. 17

1. 와인과 온기를 나누는 시간

＊지아키노 로시니, 오페라《윌리엄 텔》서곡

G. Rossini,《Willian Tell》Overture

2. 초록빛 산책

＊에드바르드 그리그, 피아노 협주곡

E. Grieg, Piano Concerto in A minor, Op. 16

＊장 시벨리우스, 교향곡 1번

J. Sibelius, Symphony No. 1 in E minor, Op. 39

＊프란츠 리스트,〈꿈속에서(야상곡)〉

F. Liszt,〈En Rêve(Noturne)〉, S. 207

3. 미술관에서

＊리하르트 슈트라우스,〈차라투스트라는 이렇게 말했다〉

R. Strauss,〈Also Sprach Zarathustra〉, Op. 30, TrV. 176

*리하르트 슈트라우스,《4개의 마지막 노래》

R. Strauss,《Vier Letzte Lieder》, TrV. 296

1. 붉은 윤슬, 아름다운 아타카

＊루트비히 판 베토벤, 교향곡 3번 '영웅'
L. V. Beethoven, Symphony No. 3 in E flat major, Op. 55 'Eroica'

＊루트비히 판 베토벤, 교향곡 6번 '전원'
L. V. Beethoven, Symphony No. 6 in F major, Op. 68 'Pastoral'

2. 타오르는 불꽃처럼

＊세르게이 라흐마니노프, 〈파가니니 주제에 의한 랩소디〉
S. Rachmaninoff, 〈Rhapsody on a Theme of Paganini〉, Op. 43

＊세르게이 라흐마니노프, 피아노 협주곡 2번
S. Rachmaninoff, Piano Concerto No. 2 in C minor, Op. 18

＊세르게이 라흐마니노프, 교향곡 2번
S. Rachmaninoff, Symphony No. 2 in E minor, Op. 27

3. 나는 저 별처럼 기적적인 사람

＊로베르트 슈만, 《환상소곡집》 중 1번 '저녁'
R. Schumann, 《Fantasiestücke》, Op. 12 – No. 1
'Des Abends'

＊새뮤엘 바버, 〈현을 위한 아다지오〉
S. Barber, 〈Adagio for String〉, Op. 11

＊피에트로 마스카니, 오페라 《카발레리아 루스티
카나》 중 간주곡
P. Mascagni, Intermezzo from 《Cavalleria
Rusticana》

＊구스타프 말러, 교향곡 5번 & 2번 '부활'
G. Mahler, Symphony No. 5 in C sharp minor
& No. 2 in C minor 'Resurrection'

노먼 레브레히트, 『클래식, 그 은밀한 삶과 치욕스런 죽음』, 장호연 옮김, 마티, 2009.

러셀 셔먼, 『피아노 이야기』, 김용주 옮김, 은행나무, 2020.

로맹 롤랑, 『베토벤의 생애: 위대한 투쟁』, 임희근 옮김, 2020, 포노.

롤랑 마뉘엘, 『음악의 기쁨 1: 음악의 요소들』, 이세진 옮김, 북노마드, 2014.

롤랑 마뉘엘, 『음악의 기쁨 3: 베토벤에서 현대음악까지』, 이세진 옮김, 북노마드, 2014.

리하르트 바그너, 『베토벤: 베토벤 순례』, 홍은정 옮김, 포노, 2020.

민은기, 『음악과 페미니즘(개정판)』, 음악세계, 2022.

배리 셀즈, 『레너드 번스타인』, 함규진 옮김, 심산, 2010.

빌헬름 푸르트벵글러, 『음과 말』, 이기숙 옮김, 포노, 2019.

아네테 크로이치거헤르·빈프리트 뵈니히, 『쾰른 음대 교수들이 엄선한 클래식 음악에 관한 101가지 질문』, 홍은정 옮김, 경당, 2010.

알프레트 아인슈타인, 『위대한 음악가 그 위대성』, 강해근 옮김, 음악세계, 2001.

야나기다 마스조 외 8인, 『악기 구조 교과서』, 안혜은 옮김, 보누스, 2018.

윌리엄 버틀러 예이츠, 『예이츠 서정시 전집 2: 사랑』, 김상무 옮김, 서울대학교출판문화원, 2014.

윤희연, 『감정, 이미지, 수사로 읽는 클래식』, 마티, 2020.

이종열, 『조율의 시간』, 민음사, 2019.

정준호, 『차이콥스키』, arte, 2021.

제임스 배런, 『스타인웨이 만들기』, 이석호 옮김,

프란츠, 2020.

최은규 외, 『풍월한담 17호: 라흐마니노프 특집』, 풍월당, 2023.

최은규, 『교향곡』, 마티, 2017.

파스칼 키냐르, 『음악 혐오』, 김유진 옮김, 프란츠, 2017.

프란츠 리스트, 『내 친구 쇼팽』, 이세진 옮김, 포노, 2016.

헤럴드 C. 숀버그, 『위대한 작곡가들의 삶 1』, 김원일 옮김, 클, 2020.

헤럴드 C. 숀버그, 『위대한 작곡가들의 삶 2』, 김원일 옮김, 클, 2020.

헤럴드 C. 숀버그, 『위대한 작곡가들의 삶 3』, 김원일 옮김, 클, 2021.

헤르만 헤세, 『헤르만 헤세, 음악 위에 쓰다』, 김윤미 옮김, 북하우스, 2022.

선율 위에 눕다

© 송지인, 2024

초판 1쇄 인쇄일 2024년 2월 23일
초판 1쇄 발행일 2024년 3월 13일

지은이   송지인
펴낸이   정은영
편집   전지영 전유진
디자인   연태경
마케팅   최금순 이언영 연병선
            윤선애 최문실 최혜린 이유빈
제작   홍동근

펴낸곳   ㈜자음과모음
출판등록   2001년 11월 28일 제2001-000259호
주소   10881 경기도 파주시 회동길 325-20
전화   편집부 (02)324-2347, 경영지원부 (02)325-6047
팩스   편집부 (02)324-2348, 경영지원부 (02)2648-1311
이메일   munhak@jamobook.com

ISBN 978-89-544-5025-6 (03810)